甘い毒

遊撃警視

南 英男

祥伝社文庫

目次

第一章　美人弁護士の死

1

柔肌は火照《ほて》っていた。

温《ぬく》もりが優しい。ささくれ立っていた神経を和《なご》ませてくれる。

加納卓也《かのうたくや》は分け入った。体が繋《つな》がった瞬間、八代里佳《やしろりか》が喉《のど》の奥で呻《うめ》いた。甘やかな声だった。正常位だった。

里佳は人妻で、二十八歳である。色香を漂わせた美人だ。円《つぶ》らな瞳《ひとみ》は涼やかで、鼻と唇の形も申し分ない。

加納は腰を躍《おど》らせはじめた。

六、七回浅く突き、一気に深く沈む。引くときは腰に捻《ひね》りを加える。いわゆる七浅一深の抽送《ちゅうそう》だった。

渋谷区円山町《しぶやくまるやまちょう》の外れにあるラブホテルの一室だ。四月上旬の夜である。

「たまらないわ」

里佳が切なげに言って、腰をくねらせはじめた。迎え腰だ。それほど動きは大きくない。羞恥心《しゅうちしん》がブレーキを掛けているのだろう。

二人は口唇愛撫を施《ほどこ》し合ってから、一つになったのだ。

すでに里佳は二度、極《きわ》みに達していた。最初は指による愛撫で呆気《あっけ》なく昇りつめた。二度目は、オーラル・セックスで愉悦《ゆえつ》の海に溺《おぼ》れた。

沸点《ふってん》に押し上げるたびに、里佳はスキャットめいた悦《よろこ》びの声を迸《ほとばし》らせた。それは長く尾を曳《ひ》いた。熄《や》みそうで熄まない。男の欲情をそそる声だった。

里佳は夫のドメスティック・バイオレンスに耐えられなくなって、七カ月前に婚家を飛び出した。いまは、大崎《おおさき》にあるマンスリーマンションで暮らしている。むろん、独り暮らしだ。通販会社の契約社員として働き、生活費を得ていた。

加納は、およそ三カ月前に里佳と知り合った。里佳がカレーショップで貧血によって倒れたとき、たまたま加納は隣でビーフカレーを掻《か》き込んでいた。

傍観しているわけにはいかない。加納は空いているボックスシートに里佳を寝かせ、介抱をすることになった。それが縁で二人は交際しはじめ、一カ月あまり前に親密な間柄になったのだ。

加納たちは週に二度ほどデートを重ね、そのつどラブホテルで肌を重ねている。里佳は家を出るとき、署名捺印《なついん》した離婚届を置いてきた。しかし、夫の八代裕介《ゆうすけ》は妻と別れる気はないようだ。

三十四歳の八代は信用金庫に勤め、真面目な人物だという。少なくとも、外面《そとづら》はいいらしい。だが、家庭では亭主関白そのものだったそうだ。

少しでも気に入らないことがあると、子供のように喚《わめ》き散らし、手当たり次第に物を投げつけるという。一方的に妻を責め、揚句《あげく》に暴力も振るうらしい。男としては最低だろう。

里佳の髪を摑《つか》んで引き回すのは序の口で、拳骨《げんこつ》で容赦《ようしゃ》なく顔面も殴打するという。時には、倒れた妻を蹴りまくることもあったようだ。

しかし、八代は怒りが鎮《しず》まると、きまって土下座をして詫《わ》びたという。だが、数日後にはＤＶを繰り返したらしい。

里佳は思い悩んだ末、二年数カ月の結婚生活に見切りをつけた。まだ子供がいなかったので、離婚する気になったのだろう。

加納は、まだ人妻である里佳と男女の関係をつづけていることに後ろめたさを感じていた。疚《やま》しさを覚えつつも、会わずにはいられなかった。それだけ里佳に惹《ひ》かれていた。

「ね、上にならせて……」

里佳が恥じらいながらも、はっきりと口にした。そうした要求をしたのは初めてだ。新鮮だった。当然、煽《あお》られた。加納は里佳をしっかと抱き、体を反転させた。結合は解けなかった。里佳が半身を起こし、騎乗位《きじょうい》で腰を弾ませはじめた。ゆさゆさと揺れる乳房が悩ましい。

加納は右腕を伸ばし、肉の芽に触《ふ》れた。

陰核《クリトリス》は包皮から零《こぼ》れ、こりこりに痼《しこ》っている。生ゴムのような感触だ。ころころとよく動く。加納は中指の腹で感じやすい突起を刺激しながら、下から断続的に突き上げた。勢《せ》いよく腰を迫り上げると、里佳の裸身は不安定に揺れた。

加納は左腕を宙に翳《かざ》した。

里佳がすぐに片手を伸ばし、体を支えた。それから彼女は、大胆に上下に動きはじめた。円運動も加えてくる。

埋めたペニスが一段と猛《たけ》った。加納は下から突きまくった。里佳の体の芯《しん》は潤《うる》んでいた。結合部の湿った音が煽情的《せんじょうてき》だ。

四、五分経《た》つと、里佳の体が硬直しはじめた。エクスタシーの前兆である。

加納は右手を結合部から離し、前屈《まえかが》みになった里佳を優しく引き寄せた。乳房が弾んだとき、里佳はクライマックスに駆け上がった。

数秒後、膣全体《ちつぜんたい》がすぼまった。無数の襞《ひだ》が陰茎《いんけい》にまとわりついて離れない。内奥《ないおう》は規則正しいビートを打っている。快感の証《あかし》だった。

やがて、里佳の胸の波動が凪《な》いだ。

加納は里佳を抱き締めたまま、ふたたび体を反転させた。性器は抜け落ちなかった。昂《たか》まったままの状態だった。

加納は里佳を組み敷くと、リズミカルに動きはじめた。

突き、捻り、また突く。里佳が魚のように裸身をくねらせ、リズムを合わせた。感度が高まる。加納は背を丸めて、里佳の唇を吸いつけた。二人は短くバードキスを交わし、舌を絡《から》め合った。

ほどなく加納は爆《は》ぜた。

ほんの一瞬だったが、脳天が白く霞《かす》んだ。加納は息苦しくなって、顔をずらした。

ちょうどそのとき、里佳が頂《いただき》に到達した。縮まる女体が妖《あや》しい。里佳は憚《はばか》りのない声を発し、ひとしきり唸《うな》った。

二人は余韻《よいん》を汲《く》み取ってから、静かに体を離した。

「朝まで一緒にいたいけど、そうもいかないの」

里佳が言いながら、加納の肩に頬擦《ほおず》りした。

「会社、休んじゃえよ。少しぐらいなら、カンパできるからさ」

「生活費に余裕はないけど、お金の問題じゃないの。せっかく雇ってくれた会社だから、できるだけ長く勤めたいのよ。夫と正式に別れるまで、もう少し時間がかかりそうでしょ？」

「そうだろうな」

「少しばかりの貯《たくわ》えも底をつきそうだから、リストラの対象にされたら、わたし、困るの」

「金のことで困ったら、いつでも相談に乗るよ。三十九歳の独身男はそれほどリッチじゃないが、多少の余裕はある」

「ありがとう。でも、あなたに迷惑はかけないつもりよ」

「勁《つよ》いんだな、きみは」

「女は逞《たくま》しいのよ、みんな。ところで、何時かしら？」

「もう十一時半にはなってるだろう」

加納はナイトテーブルの上から、オメガの腕時計を摑み上げた。

十一時四十七分だった。里佳に時刻を教える。

「急いでシャワーを浴びないと……」

「マンスリーマンションまでタクシーで送るよ」

「いつもそうしてもらって、なんだか悪いわ」

「ちょっと遠回りしたからって、どうってことないよ」

「いいのかな」

里佳がダブルベッドから滑《すべ》り降り、浴室に向かった。

加納は横向きになって、ラークをくわえた。情事の後《あと》の一服は、いつも格別にうまい。ゆったりと紫煙をくゆらせる。

加納は里佳にはサラリーマンと偽《いつわ》っていたが、警視庁の刑事だった。

それも一般警察官《ノンキャリア》ではない。以前、国家公務員試験Ⅱ種(現・一般職)と呼ばれていた難関を突破した準キャリアだ。Ⅰ種(現・総合職)合格者の警察官僚《キャリア》に次ぐエリートである。

加納は一年四カ月前まで、本庁捜査一課の管理官だった。要職だが、スピード出世したことを素直に喜んではいなかった。それどころか、現場捜査に従事できないことが不満だった。

加納は警察大学校で六カ月学んだだけで、警部補になった。その一年後には警部に昇進し、さらに二年後に警視の職階を得た。

わずか二十六歳で警視になれたわけだが、加納に上昇志向はなかった。Ⅱ種試験を受けたのも早く出世したかったからではない。冷やかし半分の運試《うんだめ》しだった。

キャリアや準キャリアは、満三十歳前後で警視正になれる。だが、加納は本気で警視のままでいたいと願っていた。

警視正になったら、管理職に就《つ》かされる。現場捜査には関われなくなってしまう。加納は、殺人や強盗など凶悪犯罪の捜査に魅《み》せられていた。準キャリアでありながら、現場捜査にしか興味がなかった。

現場捜査は危険を伴《ともな》い、常に緊張感を保《たも》っていなければならない。刺激に満ち、やり甲斐《がい》もあった。難事件の真相に迫《せま》れたときは、大きな達成感を味わえる。

といっても、加納は別に青臭い正義感に衝《つ》き動かされて警察官になったわけではない。犯罪者たちを追いつめるスリルがたまらなく好きなのだ。

加納は警察大学校を出ると、渋谷署刑事課強行犯《きょうこうはん》係を拝命した。強行犯係は殺人や強盗事案《じあん》を扱うセクションだ。二年後に池袋《いけぶくろ》署に異動になり、その後、本庁捜査一課強行犯捜査四係の係長になった。

加納は同じ役職で五係、八係と移り、三十五歳のときに捜査一課の管理官に任命された。花形の捜査一課を束《たば》ねているのは、言うまでもなく一課長である。ナンバー2と3の二人が理事官だ。理事官たちの下には、現在十三人の管理官がいる。その大半はキャリアか、準キャリアだ。

管理官たちは都内の所轄署に設置された捜査本部に出張《でば》り、合同捜査の指揮を執《と》る。しかし、地取りや鑑《かん》取りをするわけではない。いわば、お飾りの指揮官だ。

不満をくすぶらせていた一年四カ月前、加納は不祥事を起こした。知り合いの老女を投資詐欺に嵌《は》めた犯罪者グループのボスをとことん痛めつけ、三カ月の停職処分を科せられてしまったのである。

もともと加納は、高齢者や女性に優しい。そのことは生《お》い立ちと無縁ではなかった。

加納は小学三年生のとき、両親と死別した。父母を不慮の事故で喪《うしな》ったショックは大きかった。数カ月、失語症に陥《おちい》ったほどだ。

両親が他界してからは、父方の祖父母に育てられた。年寄りや女性を労《いたわ》るようになったのは、祖父母に惜《お》しみない愛情を注《そそ》がれたからだろう。

その祖父母は、数年前に相次いで亡くなった。加納の父親は独りっ子だった。

そんなことで、祖父母の遺産は孫の加納がそっくり相続した。加納はいまも、住み馴《な》れた世田谷区用賀《せたがやくようが》の戸建て住宅で暮らしている。

敷地はおよそ二百坪で、庭木が多い。自宅の間取りは6LDKだ。各室を入念に掃除すると、たっぷり一時間はかかる。

加納は文武両道だが、堅物ではない。それどころか、無頼な面もあった。遊び好きで、酒と女に目がない。ことに好みの女性にはのめり込みやすかった。つい無防備になって、相手に貢《みつ》がされたこともあった。

それでも、女好きは変わらない。母性愛に飢えているのか。

自宅謹慎中、思いがけない展開になった。

ある日、加納は堂陽太郎《どうようたろう》副総監に呼び出されて久しぶりに登庁した。副総監に導《みちび》かれたのは、なんと警視総監室だった。

立浪信人《たつなみのぶと》警視総監と三原等《みはらひとし》刑事部長が待ち受けていた。口を開いたのは刑事部長だった。

加納は、警視総監直属の単独特命捜査官にならないかと打診された。立浪警視総監の発案で、特捜指令の窓口は三原刑事部長が担《にな》う予定だという。

加納は一瞬、我が耳を疑った。立浪警視総監たち三人は真顔《まがお》だった。以前のように現場捜査に携《たずさ》われるチャンスが巡ってきたわけだ。

加納は迷わず快諾《かいだく》した。

条件は悪くなかった。危険手当の類《たぐい》は支給されないが、捜査費用に制限はないらしい。捜査車輛として特別仕様のランドローバーが与えられ、拳銃・手錠・特殊警棒は常時携行できる。

その上、ある程度の違法捜査も大目に見てくれるという話だった。当然ながら、殺人や強盗など凶悪な違法捜査は認められていない。

加納は特捜刑事として、この一年四カ月の間に七件の捜査本部事件を落着させた。だが、彼の手柄にはなっていない。あくまで隠れ捜査ということで、加納の活躍ぶりは捜査本部の面々には伝えられていない。黒子《くろこ》に甘んじているわけだが、特に不満はなかった。

加納は、警察庁長官公認の広域捜査官でもあった。地方で発生した難事件を三件ほど解決させたが、そのことも一般の警察関係者は知らない。

十分ほど経《た》ったころ、里佳が浴室から戻ってきた。

加納はベッドを離れ、腰にバスタオルを巻いた。浴室に向かい、全身にボディーソープの泡を塗りたくる。加納は手早く湯水で泡を洗い落とし、体を拭《ぬぐ》った。

浴室を出ると、里佳は身繕《みづくろ》いを終えていた。薄く化粧もしている。引かれたばかりのルージュは、艶《つや》やかな光沢を放っていた。

加納は里佳の唇を吸いつけたい衝動を捩伏《ねじふ》せ、急いで身仕度をした。

二人は部屋を出た。五階だった。

加納は歩きだして間もなく、足を止めた。

「何か忘れ物？」

里佳が小声で訊《き》いた。

「いや、そうじゃないんだ。十万ほどカンパするよ。何かの足しにしてくれないか。手取りで二十万弱じゃ、遣《や》り繰《く》りが大変だろう」

「お財布を出さないで！」

「遠慮するなって。おれが持ってても、どうせ無駄遣いしてしまう。だから……」

「セックスした直後にお金なんか貰ったら、娼婦みたいだわ」

「そんなつもりじゃなかったんだ。しかし、そんなふうに曲解《きょっかい》されても仕方ないか。無神経だったよ。ごめん！」

「ううん、いいの」

「気分を害しただろうが、勘弁してくれないか」

「怒ってなんかいないわ。生活が苦しくなったら、あなたにお金を借りることになるかもしれない。でも、カンパを受けるつもりはないの」

「わかったよ。文化村通りに出れば、タクシーを拾えるだろう」

加納は里佳の片腕を取って、大股で歩きだした。

二人はエレベーターに乗り込んだ。休憩の料金は支払い済みだった。函《ケージ》が下降しはじめる。

「次は土曜日に会えるかしら？」

「ああ、大丈夫だよ」

「ね、今度はわたしの部屋に来ない？　狭いベッドだけど、重なって寝れば泊まれないことはないわ。ラブホテルよりは、落ち着けると思うの」

「そうだろうが、きみはまだ人妻なんだ。マンスリーマンションの部屋に男を引き入れたことが旦那にバレたら、慰謝料を取れなくなるぞ」

「わたし、慰謝料や財産分与を受ける気はないの。一日も早く八代と正式に別れたいだけなのよ」

「そうか。そのうち、おれが付き添っていくから、旦那にけじめをつけてもらおう」

「そうしてもらえると、心強いわ。ご迷惑だろうけど、そうしてくれる？」

「ああ、いいよ」

加納はうなずいた。里佳がほほえむ。

エレベーターが停まった。一階だった。

二人はケージを出て、出入口に向かった。ラブホテルを出て、坂道を下《くだ》りはじめる。ラブホテル街はひっそりと静まり返っていた。

数十メートル進んだとき、背後で靴音が響いた。

殺気めいたものが伝わってくる。加納は歩きながら、すぐに振り返った。

黒っぽい服を着た三十代半ば《なか》の男が背後に迫っていた。新聞紙にくるんだ長い物を手にしている。覗《のぞ》いているのは、刺身庖丁《さしみぼうちょう》の切っ先だった。加納は緊張した。

男が刺身庖丁の柄《つか》を両手で握った。里佳の夫かもしれない。刑事の勘だった。加納は肘《ひじ》で里佳を弾《はじ》き、暴漢を組み伏せる気になった。

一瞬、遅かった。男が里佳に体当たりした。

刺身庖丁の先端は、里佳の背中に埋まっていた。背骨よりも少し左側だった。里佳が短く呻き、前のめりに倒れた。刺身庖丁は突き刺さったままだった。

「そっちは、八代裕介なんじゃないのか？」

加納は確かめた。

「そ、そうだよ」

「なんてことをしたんだっ」

「一カ月ぐらい前に里佳の居所を突きとめて、ちょくちょく尾行してたんだよ。まだ離婚してないうちに、新しい男とラブホに入ってることが赦《ゆる》せなかったんだ」

「だからって、刺すことはなかっただろうが！」

「ぼくは侮辱されたんだ。勘弁できるかっ」

八代が後ずさり、不意に身を翻《ひるがえ》した。坂道を駆け上がっていく。

加納は反射的に八代を追いかけたが、途中で思い留《とど》まった。屈《かが》み込み、里佳に呼びかける。だが、反応はなかった。

加納は、俯《うつぶ》せに倒れている里佳の頸動脈《けいどうみやく》に触《ふ》れてみた。脈動は伝わってこない。すでに絶命していることは明白だ。背中から心臓を貫《つらぬ》かれてしまったのだろう。

里佳の側《そば》にいながら、庇《かば》ってやることができなかった。自分の迂闊《うかつ》さを呪わずにはいられなかった。ラブホテルを出たとき、周《まわ》りをよく見るべきだった。

事件通報をしなければならない。加納は懐《ふところ》から、刑事用携帯電話《ポリスモード》を摑み出した。

しかも酔いの回り方が遅い。早く酔ってしまいたかったが、頭の芯は冴《さ》えていた。

弔《とむら》い酒は苦かった。

2

加納は六杯目のバーボン・ロックを空けた。

自宅の居間である。午前四時過ぎだった。

午前零時過ぎに起こった忌《いま》わしい事件は、幻だと思いたかった。しかし、夫に刺身庖丁で刺された八代里佳の死は紛《まぎ》れもなく現実だ。

渋谷署員たちが臨場したのは、通報してから七分後だった。そのすぐ後、警視庁機動捜査隊の面々も事件現場に駆けつけた。鑑識車も到着した。

加納は身分を明らかにして、積極的に事情聴取に協力した。加害者の八代裕介が犯行現場に戻ってきたのは現場検証中だった。八代は殺人容疑で緊急逮捕された。

加納は怒りを抑《おさ》えられなくなって、手錠を打たれたばかりの八代の顔面に右のストレートパンチを見舞った。八代は棒のようにぶっ倒れた。

近くには大勢の捜査員や野次馬がいたが、加納は気にしなかった。懲戒処分を受けてもかまわないと考えていた。

交際して間もない里佳の命を奪った加害者が憎くてたまらなかった。できることなら、八代裕介を嬲《なぶ》り殺しにしてやりたかった。それほど強く死んだ里佳に哀惜《あいせき》の念を懐《いだ》いていた。

里佳の遺体が搬送車の中に運び入れられたとき、思わず加納は夜空を仰いで吼《ほ》えてしまった。遣り切れなかった。

少し前に肌を貪《むさぼ》り合った相手がもうこの世にいないという事実を受けとめることができなかった。里佳の生涯は短すぎる。そのことが一層、悲しみを誘った。

加納は事件現場を後《あと》にして、深夜の繁華街をさまよい歩いた。

帰宅する気になったのは午前二時過ぎだった。タクシーで用賀の塒《ねぐら》に戻ったのだが、すぐにベッドに横たわる気にはなれなかった。

加納はリビングのソファに坐り、グラスを傾けはじめた。肴《さかな》はなかった。ロックグラスにバーボン・ウイスキーをなみなみと注ぎ、ハイピッチで呷《あお》った。

普段なら、そろそろ心地よく酔いはじめているころだ。しかし、まだ素面《しらふ》に近い。胸が悲しみに領《りょう》されているせいで、いっこうに酔えないのだろう。

里佳と出会ったのは三カ月前だ。親密になってから、まだ一カ月ほどしか経っていなかった。だが、数年越しの仲だった恋人に先立たれたような気持ちだ。加納はひたすらグラスを重ねた。封を切って間がなかったボトルは、いつしか空になっていた。さすがに酔いが回ってきた。

加納は背当てクッションを枕にして、三人掛けの長椅子に寝そべった。ひと眠りしたら、また飲む気でいた。飲まずにはいられない。

特捜刑事の加納は毎日、登庁する必要はなかった。指令が下されなければ、非番と同じだった。

いつも起床時間は遅い。午前十一時近くに目覚める。基本的には一日二食だった。正午前にブランチを摂《と》り、五時前後に軽く夕食を食べる。

ほぼ毎晩、外で飲んでいる。梯子酒《はしござけ》をして、肴《さかな》を何品も頼む。実質的には一日三食と変わらない。

加納は栄養のバランスをちゃんと考えて、メニューを選んでいる。ことさら健康に気を配っているわけではなかったが、祖母の助言が頭から消えていないのだろう。

加納は家事が少しも苦にならない。炊事はもとより、洗濯や掃除も他人任せにはしていなかった。年に一度は植木職人に庭木の剪定《せんてい》をしてもらっているが、いつもは加納自身が樹木の手入れをしていた。鋏《はさみ》の使い方と枝の払い方を教えてくれたのは、死んだ祖父だった。

夏には庭の雑草を抜き、芝も刈っている。水やりも怠《おこた》っていない。ただ、祖父が大事に育てていた盆栽《ぼんさい》はすべて枯らしてしまった。墓参をするたびに、そのことを心の中で詫びている。

いつの間にか、加納は寝入っていた。

コーヒーテーブルの上で官給されたポリスモードが鳴ったのは、午前十時過ぎだった。

加納は半身を起こし、ポリスモードを耳に当てた。

発信者は三原刑事部長だった。三原は五十歳で、準キャリアだ。気骨があって、頼りになる存在だった。

「妻殺しの事件《ヤマ》に巻き込まれたようだな」

「機捜《きそう》の初動班から報告があったんですね？」

「そうだ。犯人の八代裕介をぶん殴ったそうじゃないか。初動班の主任がその件を本庁《うち》の警務部人事一課監察に報告すべきだろうかと言ってきたんだが、その必要はないと答えておいたよ」

「助かります」

「仮に主任が監察にリークしても、きみを処分することはできないだろう。現職の警視が別居中の人妻とラブホテルから出てきた直後に事件が起こったわけだからな。その種のスキャンダルは、警察のイメージダウンになる」

「言い訳に聞こえるでしょうが、被害者の八代里佳はDV夫と本気で別れる気でいたんですよ。こっちも、遊びで里佳とつき合ってたわけではありませんでした」

「そうなら、残念だったね。享年《きょうねん》二十八だってな。若すぎる」

「ショックでした」

「だろうな。悲しみに打ち沈んでるんだろうが、また隠れ捜査をやってもらうよ」

「特捜指令の内容を教えてください」

加納は促《うなが》した。

「二月五日の夜、代々木《よよぎ》署管内で離婚歴のある美人弁護士が絞殺された」

「その事件《ヤマ》は派手に報道されたんで、よく憶《おぼ》えてます。被害者《マルガイ》は鳥羽深月《とばみづき》という名で、確か享年三十だったと思います。女優並の美人でしたよね？」

「そう。被害者は自宅マンションの居間で革紐《かわひも》状の物で絞殺されたようなんだが、第一期の捜査と第二期捜査では容疑者を割り出せなかったんだ。四係と七係のメンバーが代々木署の捜査本部に詰めて頑張ってくれたんだが、残念ながら……」

「第三期に追加投入するのは？」

「六係の十四人を送り込む予定なんだが、きみにも密行捜査をしてもらう。そうしないと、所轄署に大きな負担をかけることになるんでね」

三原が言った。警視庁は所轄署の要請を受けて捜査本部を設けているが、捜査費用の全額を所轄署は負担しなければならない。

「捜査が四期、五期と延びたら、代々木署の年間予算の半分は消えるでしょう」

「そうだろうね。それで、立浪警視総監は加納君に動いてもらえと、副総監とわたしに指示してきたわけだよ。交際してた女性が不幸な亡《な》くなり方をしたんで気持ちの整理がつかないだろうが、午後一時に十一階の警視総監室に顔を出してくれないか。例によって、捜査資料を用意しておく」

「わかりました。それでは後ほど……」

加納は電話を切った。煙草《たばこ》を一本喫《す》って、ソファから立ち上がる。

加納は洗面所に向かい、まず洗顔を済ませた。隠れ捜査に励んでいれば、少しは悲しみが紛れるかもしれない。

加納はダイニングキッチンに立ち、ブランチの用意をした。

といっても、コーヒーを淹《い》れ、ハムエッグをこしらえただけだ。気が向けば、グリーンサラダを作る。しかし、きょうは面倒になった。

イギリスパンを二枚トーストして、バターをたっぷりと塗る。脂肪分のことを考えるとマーガリンのほうがいいのだろう。だが、バターとはおいしさが違う。

加納はダイニングテーブルに向かって、ブランチを摂りはじめた。

食欲はなかったが、密行捜査のことを考えてトーストとハムエッグを腹に収める。コーヒーも、ブラックで二杯飲んだ。

食事中、幾度も前夜のことが脳裏に蘇《よみがえ》った。情交場面だけではなく、里佳が刺されたシーンも頭に浮かんだ。

そのつど、加納は悲しみにくれた。すぐに感傷的な気分を追い払い、食べることに専念した。うまいとは思わなかったが、少し元気が出てきた。

加納は食器を手早く洗うと、洗面所に急いだ。歯を磨き、髭《ひげ》も剃《そ》る。熱めのシャワーを浴び、頭髪も洗った。

加納は一息入れてから、身仕度に取りかかった。縞柄《しまがら》の長袖シャツに、チャコールグレイのウールジャケットを羽織《はお》る。下はベージュのスラックスを選んだ。

加納は寝室の奥にあるスチールのロッカーに歩み寄り、ロックを解《と》いた。

オーストリア製のグロック32を取り出す。コンパクトピストルだが、複列式のマガジンには十五発の実包が装塡《そうてん》されている。特別に貸与された拳銃だ。

一般の警察官は、S&W《スミス　ウエッソン》のM360J――通称サクラ、シグ・ザウエルP230JPなどを使用している。公安捜査員や女性警察官は小型拳銃を携行することが多い。

ロッカーの棚には、革のショルダーホルスターとインサイドホルスターの二種類が入っている。

通常、春から秋まではインサイドホルスターを用《もち》いる。薄手の上着では、ショルダーホルスターを着用していることがわかってしまうからだ。

加納は腰のベルトを緩《ゆる》め、インサイドホルスターの留具《とめぐ》を掛けた。ホルスターはスラックスの内側に収まる恰好《かっこう》で、外からは見えない。

加納は左の腰に固定したホルスターにグロック32を入れ、ベルトを締め直した。シャツに弛《たる》みを持たせて、ホルスター上部を覆《おお》い隠す。そうしておけば、いちいち上着の前ボタンを掛ける必要はなかった。

加納は戸締まりをして、玄関から内庭に出た。芝生を踏んで、カーポートに近づく。マイカーのボルボS60と特別仕様の覆面パトカーのランドローバーが並んでいる。

加納はランドローバーに乗り込んだ。

グローブボックスの蓋《ふた》を開け、手探《てさぐ》りする。ウエスの奥に手錠と特殊警棒があることを確認した。

次に加納は、ダッシュボードのパネルを手前に引いた。

警察無線をチェックする。いつも通りに機能していた。無線アンテナは車に装備されているが、民間人に覆面パトカーと見破られることはないだろう。

車検証の名義は加納の個人名になっている。むろん、民間ナンバーだ。警察車輌のナンバープレートには、たいがい数字の頭にさ行かな行のいずれかの平仮名が冠されている。

加納はランドローバーのエンジンをかけ、遠隔操作器でカーポートのシャッターを開けた。車を穏《おだ》やかに発進させ、近くの玉川通りをめざす。

桜田門にある警視庁本部庁舎に着いたのは、午後一時十数分前だった。

本部庁舎は地上十八階建てで、地下四階まである。二層のペントハウス付きで、屋上はヘリポートになっている。

加納はランドローバーを地下三階に駐《と》めた。本部庁舎には中・高層用エレベーターが各六基ずつあり、ほかに低層用三基、人荷用二基、非常用二基の計十九基がある。

加納は中層用エレベーターで、十一階に上がった。

同じフロアに警視総監室のほか公安委員室、副総監室、総務部長室、企画課、人事一課などがある。本庁舎では約一万人の警察官と職員が働いているが、この階に来たことのない者も多いはずだ。

加納は警視総監室に向かった。

指定された時刻は午後一時だが、早い分には問題ないだろう。特に緊張はしていなかった。

五十四歳の立浪警視総監はおよそ二十九万七千人の巨大組織のトップだが、実に気さくだった。決して偉ぶったりしない。警視監という職階を与えられている堂副総監も、高慢な警察官僚ではなかった。どちらも真のエリートと言えよう。

加納は警視総監室の重厚な扉《とびら》をノックして、大声で名乗った。

「おう、早いな。入ってくれ」

立浪自身が応答した。加納はドアを開けた。一礼して警視総監室に足を踏み入れる。

かなり広い。正面の窓際に両袖机《りょうそでづくえ》が据《す》えられ、手前に十人掛けのソファセットが置かれている。コーヒーテーブルの向こう側に立浪と堂が並んで腰かけていた。ともに制服姿だった。肩章が眩《まばゆ》い。

私服姿の三原刑事部長は、出入口寄りのソファに坐っていた。

「ご苦労さん！　また、きみに活躍してもらうことになった。ま、坐ってくれ」

堂副総監が言って、三原のかたわらのソファに目をやった。まだ五十二、三歳のはずだが、髪は早くもロマンスグレイだ。学者のような印象を与える。

加納は、三原の隣に腰かけた。

「渋谷での一件は、わたしの耳にも届いてる」

堂が口を開いた。

「人妻とつき合いがあったことは認めます。しかし、別に問題はないでしょ？　こっちは独身なんですから」

「恋愛は自由さ。しかし、旦那に刺殺された被害者はまだ籍が抜けてなかったんだから、道徳的にはあまり感心できないな」

「ええ、それはね」

「モラル云々《うんぬん》はともかく、加害者の八代裕介にパンチを喰《く》らわせたのはやり過ぎだな。それだけ加納君は、殺された人妻に惚《ほ》れてたんだろうがね」

「そのことは、もういいじゃないか」

立浪が堂に言った。堂が口を閉じる。

「特捜指令の内容は、もう三原刑事部長から聞いてるね？」

「はい」

「それなら、すぐに捜査資料にざっと目を通してもらったほうがいいだろう」

「ええ、そうですね」

「刑事部長、捜査資料を加納君に渡してくれないか」

「わかりました」

三原が警視総監に応じて、薄茶のファイルを差し出した。

加納は受け取ったファイルを膝の上に置き、表紙とフロントページの間に挟《はさ》まれた鑑識写真の束を手に取った。

被害者の目鼻立ちは整っていたが、死顔はいかにも苦しげだった。眉根《まゆね》を寄せ、口は半開きだ。舌は丸まっている。鳥羽深月は、自宅の居間の床に仰向《あおむ》けに倒れていた。絞殺された後、犯人が被害者を床に引き倒したのだろう。

尿失禁したらしく、パンツの内側はわずかに変色している。死体のそばには、スリッパが転がっていた。

美人弁護士は加害者を居間に請《しょう》じ入れ、後ろ向きになったときに襲われたようだ。あるいは、侵入した犯人に気づいたときにはもう逃げ場がなかったのだろうか。鑑識写真だけでは、どちらとも判断がつかない。

加納は鑑識写真の束をコーヒーテーブルの上に置き、次に司法解剖の剖見の写しを見た。

死因は窒息死で、凶器は革紐と推定されると記《しる》されていた。被害者の喉の索条痕《さくじょうこん》は一本だった。喉元の引っ掻き傷は防御創《ぼうぎょそう》だろう。性的な暴行は受けていない。

死亡推定日時は、二月五日午後十時から午前零時の間とされている。事件通報は翌日の午前十一時二十分ごろだった。被害者が所属していた法律事務所の同僚弁護士はいつもの時刻に出勤しなかった仲間のことを不審に思い、鳥羽宅にやってきて死体を発見した。部屋のドアは施錠《せじょう》されていなかった。

加納は事件関係調査書に目を通しはじめた。

速読術を心得ているせいで、第一期・第二期捜査の事件調書を十分弱で読了した。

事件通報者の山根一人《やまねかずと》弁護士、三十二歳は初動捜査の段階でシロと断定された。れっきとしたアリバイがあり、被害者との関係は良好だった。

第一期捜査では、被害者を逆恨《さかうら》みしている者たちが調べ上げられた。その中で、息子の轢《ひ》き逃げ事件を隠蔽《いんぺい》しようと画策した都議会議員が最も怪しまれた。

その都議会議員の息子は危険ドラッグを吸引した直後にスポーツカーを無謀運転し、横断歩道で高齢者男性を撥《は》ねて数日後に逮捕された。事故の被害者は死亡した。八カ月前のことだ。

都議会議員の息子は老人が信号を無視して急に横断歩道に飛び出してきたと主張し、事故は避けられなかったの一点張りだった。所轄署は目撃証言と録画映像を得られなかったことで、単なる自動車運転過失致死傷容疑で送致した。

被害者側の遺族はそのことに納得できなくて、不服申し立てに踏み切った。遺族に雇われた美人弁護士は交通事故鑑定人の協力を得て、スポーツカーに轢殺《れきさつ》された老人にまったく非がないことを明らかにした。

都議会議員の息子は重い判決を下され、交通刑務所に入れられた。父の都議会議員は有能な女性弁護士にたびたび脅迫電話をかけていた。捜査本部は怪しい都議会議員の須貝《すがい》忠《ただし》、五十六歳をマークしつづけた。

しかし、須貝の嫌疑は晴れた。都議会議員は息子の信号無視を隠したことで書類送検されたが、本事案では潔白だと判断された。

第二期捜査に入ると、捜査本部は鳥羽深月に恨みを持つ男女を改めて洗い直した。その結果、被害者と一年三カ月前に離婚した元夫の杉江《すぎえ》周平《しゅうへい》、三十五歳が捜査線上に浮かんだ。

杉江は自分の浮気が離婚を招いたにもかかわらず、深月に復縁を迫っていた。元妻にはっきりと拒絶されると、〝交換ストーカー行為〟をはじめた。

深月とは一面識もない人物をつきまとわせ、恐怖と不安を与えつづけたのだ。杉江はその代わりに交換ストーカーの元恋人にまとわりつき、さまざまな厭《いや》がらせを繰り返した。

捜査本部は、杉江が交換ストーカーに元妻を殺害させた可能性もあると睨《にら》んだ。捜査班のメンバーは、美人弁護士を悩ませていた男をマークしつづけた。だが、殺人事件に絡んでいる様子はうかがえなかった。杉江自身にも不審な点はなかった。

そんなことで、捜査本部はいまも容疑者を特定できていない。

加納は事件調書を読み終えた。

「これまでの捜査に何か手落ちがあったとは考えられないかね。加納君、遠慮なく言ってくれないか」

立浪警視総監が言った。

「捜査が甘かったとすれば、都議会議員の須貝忠か被害者の元夫の杉江周平のどちらかが第三者を実行犯にしたのかもしれませんよ」

「担当管理官が三原君に上げてきた報告によると、その二人が臭い気がするんだが、われわれは現場捜査には疎《うと》いんで、的外《まとはず》れの推測をしてる気もするんだ」

「須貝と杉江は怪しいですね」

堂が立浪に同調した。

「きみも、そう思うか」

「ええ。どちらも自分の手は汚してないでしょうが、その気になれば、実行犯は割にたやすぐ見つけられるんではありませんか」

「そうだろうな」

「まだ筋を読む段階ではありませんが、とりあえず被害者《マルガイ》が所属してた横内正紀《よこうちまさき》法律事務所に行ってみます」

加納は警視総監に言った。

「そうすべきだろうね。事件通報者の山根弁護士と横内所長が、これまでの聞き込みの際《さい》には言いそびれたことがあるかもしれないからな」

「それはあまり期待できないと思いますが、被害者と一緒に仕事をしていた人間に会えば、何か新事実がわかるかもしれません」

「そうだな。加納君、すぐに動いてもらえるんだね？」

「ええ」

「三原君、当座の捜査費の二百万円を加納君に渡してやってくれないか」

立浪が指示した。刑事部長が、横に置いてある厚みのある茶封筒を摑み上げた。

「足りなくなったら、いつでも言ってくれないか。すぐに補充するよ。例によって領収証は不要だし、金で情報を買っても問題はない」

「心得てます」

加納は目で笑い、捜査費を受け取った。それなりに重みがあった。

3

通されたのは所長室だった。

赤坂七丁目にある横内正紀法律事務所だ。事務所は雑居ビルの三階にあった。

「ありがとう」

加納は案内に立ってくれた若い女性事務員に礼を述べ、所長室に入った。所長の横内弁護士は執務机に向かって何か書類に目を通していた。知的な面差《おもざ》しだった。

加納はＦＢＩ型の警察手帳を呈示《ていじ》し、姓だけを名乗った。横内が椅子から立ち上がり、歩み寄ってきた。

「ご苦労さまです。横内です。加納さんは追加投入された捜査員の方なんですね？」

「ええ、そうです。第三期捜査の支援に駆り出されたわけですよ」

「そうですか。第一期には四係、第二期からは七係が投入されたと担当管理官からうかがいましたが、第三期に追加されたのは？」

「六係ですが、わたしは遊軍なんですよ。あちこちの捜査本部の側面捜査をやらされてるんです。新聞社の遊軍記者みたいなものですね」

「それで、おひとりで見えられたわけですか。刑事の方はペアで聞き込みをされてますからね、通常は」

「ええ、その通りです」

「ま、お掛けください」

「失礼します」

加納は先に応接ソファに腰かけた。総革張りで、色はアイボリーホワイトだった。横内が向かい合う位置に坐る。

「鳥羽さんは所属弁護士の七人の中で最年少だったんですが、期待の星でした。それだけに、わたしを含めて事務所のみんなが彼女の死を惜しんでるんですよ」

「そうでしょうね」

「先日、ご遺族が『代々木グランテラス』の五〇五号室を引き払う際に立ち会わせてもらったんですが、ご両親とお兄さんをまともに見ることができませんでした」

「もう納骨されたようですね？」

「ええ、伊豆《いず》の宇佐美《うさみ》の実家近くにあるお寺の墓地に。離婚していなければ、元夫が喪主になられたんでしょうが……」

会話が途切れたとき、取り次いでくれた女性事務員が日本茶を運んできた。すぐに彼女は下がった。

「事件通報者の山根弁護士にもお目にかかりたいと思ってたんですが、いらっしゃいますか？」

「あいにく彼は、東京地検に行ってしまったんですよ。しかし、もう間もなく事務所に戻るでしょう。戻ったら、ここに来るようスタッフに言ってあります」

「恐れ入ります」

「第一期捜査では、民自党都議会議員の須貝忠氏をマークしてたんでしょ？」

「ええ、まあ」

「須貝氏を洗い直す必要があるんじゃないだろうか。信号を無視した揚句、横断歩道を歩いてた老人を撥ねて死なせた息子に嘘をつかせるような親は自分たちの保身のためなら、平気で不正をやりかねません」

「都議会議員は息子に、事故被害者が赤信号を無視して横断歩道に飛び出してきたと嘘をつかせた。そうした事実が明らかになったわけですから、人間性に問題があるんでしょう」

「親が親なら、子も子です。息子の敬太《けいた》は二十一歳にもなって、父親に指示されるままに責任逃れをした。BMWのスポーツカーを買ってもらったということで、父親に頭が上がらなかったんでしょうね。しかし、もう成人なんです。危険ドラッグで判断力が鈍《にぶ》ってるのに、時速八十キロで車を走らせて赤信号を無視した。それだけではなく、散歩中の被害者を撥ねてしまった。さらに父親に指示されて、被害者に落ち度があったと言い張ったんです。大人のやることじゃないでしょ？」

横内の声には、怒気が込められていた。

「おっしゃる通りだと思います」

「所轄署交通課の連中も、どうかしてますよ。夜明け前のことで目撃証言は得られなかった上に、現場付近で防犯カメラの録画映像も入手できなかったからって、加害者の須貝敬太の言い分を鵜呑《うの》みにするなんてね。それじゃ、まさに死人に口なしでしょ？」

「そうですね。被害者が一方的に悪者にされたんで、その遺族《マルガイ》は警察に抗議した。しかし、まともに取り合ってはもらえなかった。それで、被害者の長男が鳥羽弁護士に相談して、交通事故鑑定人の久保寺彰《くぼでらあきら》氏に鑑定依頼をしたわけですよね」

加納は事件調書に記述されていたことを思い出しながら、確認を怠《おこた》らなかった。

「ええ。久保寺さんは元交通係の警察官ですが、公平な事故鑑定をしました。法定速度で走行してたら、被害者を二十九メートルも撥ね飛ばすことはないと判断し、加害車輛の破損具合やタイヤ痕から須貝敬太が時速八十キロ前後で赤信号を突破したと推定したんですよ」

「鳥羽弁護士はその交通事故鑑定書を切札にして、再捜査を求めたんでしたね？」

「そうです、そうです。警察は須貝敬太の供述に偽りがあったと認めました。敬太に重い判決が下り、交通刑務所で服役することになったんです」

「父親は議員を辞して、現在は金属加工会社の社長業に専念してるんでしょ？」

「ええ、そうです。須貝忠は息子の犯罪を暴いた鳥羽さんを逆恨みして、脅迫電話を何度かかけてきました。それから、柄の悪い男たちに彼女を尾《つ》けさせてたようですよ」

「そのことは捜査本部も把握してるんですが、その連中を雇ったのが須貝氏だという裏付けは取れなかったんですよね。いただきます」

加納は緑茶を啜《すす》った。

「須貝父子は、鳥羽弁護士が余計なことをしたんで人生設計が狂ってしまったと思ってるにちがいありません。物証があるわけではありませんが、個人的には須貝忠が捜査本部事件に何らかの形で関与してる気がしますね。狡猾《こうかつ》な男なんだろうから、尻尾《しっぽ》を出さないように工作したんでしょう。充分に怪しいですよ」

「捜査本部の心証ではクロなんですが、灰色の部分があるんですかね。それはそうと、弁護活動絡みで、鳥羽さんを逆恨みしてたとも考えられる人たちがいましたでしょ？」

「ええ。鳥羽弁護士は、資産家の妻と二人の実子が異母妹に三百万円の現金を渡す代わりに、遺産相続権を放棄するという念書を認《したた》めさせたことを無効だという訴訟を起こして勝訴したんです。原告は急死した資産家の愛人の子だったんですが、法改正で非嫡出子でも実子と同じく相続できるようになりましたでしょ？」

「ええ、そうですね。妻の取り分は変わらないわけですが、実子たちは相続分が少なくなってしまうから、面白くなかったんでしょう。その二人も、鳥羽さんに何か厭がらせをしたんでしょうか」

「資産家の倅《せがれ》たちは元ホストの別れさせ屋を使って、鳥羽さんを口説《くど》かせ、スキャンダルの主に仕立てようと企《たくら》んだようです。しかし、彼女はそんな罠《わな》に引っかかるほど愚かではありません」

「そんなことがあったんですか。そのことは、捜査本部も知らないはずです」

「わたしだけではなく、同僚の弁護士たちもその件は警察の方たちに話さなかったんです。資産家の息子たちが鳥羽さんの事件に関わってるとは思えませんでしたんでね」

「そういうことだったんですか。ほかに鳥羽さんに悪感情を持ってる人間はいませんでした？」

「このことは刑事さんに話しましたが、隣人とのトラブルを巡る民事裁判で鳥羽さんは偏《へん》屈《くつ》な老人に悪徳弁護士呼ばわりされたことがありましたね」

「その件は捜査資料で知ってますが、詳しく話してもらえますか」

「いいでしょう」

横内が日本茶で喉を湿らせ、言い継《つ》いだ。

「八十一歳の男は隣家の主婦の蒲団《ふとん》叩きの音が耳障《みみざわ》りだと何回か怒鳴《どな》り込んだ末、勝手に庭に入り込んで花壇を踏み荒らしたんですよ。さらに咎《とが》めた主婦を突き倒して、全治三週間の怪我を負わせました。主婦は夫と相談し、治療費を隣人に要求したんです。しかし、先方は払う義務はないと怒り狂って、隣家の庭に生ごみを投棄《とうき》するようになったんですよ」

「子供じみた仕返しだな」

「ええ、まったくね。生ごみを庭に投げ込まれた初老の夫婦も感情的になって、裁判で白黒をつけると……」

「こちらにやってきたんですね。それで、鳥羽弁護士が担当することになったのか」

「そうなんです。裁判沙汰になると、話がこじれるケースが多いんですよ」

「でしょうね」

「それだから、鳥羽さんは双方に和解を提案したんですよ。そうしたら、頑固な老人は自分も弁護士を雇ったんです。法廷で決着をつけようって息巻いて、終始、大人げなかったそうです」

「で、どうなったんでしょう？」

「双方の弁護士が話し合って、結局、老人側が折れたんですよ。主婦に怪我を負わせた老齢男性は治療費を隣人に払ったんですが、どうにも腹の虫が治まらなかったんでしょう。鳥羽さんの自宅マンションのドアに小便を引っかけたり、ドア・ポストに泥を入れたりしたらしいんです」

「厭がらせは、その程度で終わったんですか？」

「そうみたいですね。まさか偏屈な老人が殺人まではやらないでしょう？」

「と思います。その老人は本事案にはタッチしてないでしょう」

加納は口を閉じた。

そのとき、所長室のドアがノックされた。

「山根君かな？」

「そうです。地検から戻りました。警視庁の方が再聞き込みに見えられてるそうですね」

「そうなんだ。入ってくれないか」

横内が言った。加納はソファから腰を浮かせた。

ドアが開けられ、山根一人弁護士が入室した。中肉中背で、黒縁の眼鏡をかけている。加納は名乗った。山根が自己紹介し、横内の背後に回り込んだ。加納は、山根が横内のかたわらに坐ってからソファに腰を沈めた。

「故人とは二つ違いだったんで、共通の話題が多かったんですよ。出身大学も同じでしたんで、鳥羽には仲間意識を持ってました。彼女は、優《すぐ》れた弁護士だったのに。本当に残念です。本人も無念だったでしょう」

「そうでしょうね。山根さんが事件通報者だったことは把握しています。同じことをまた喋《しゃべ》っていただくことになりますが、二月六日の朝、鳥羽さんはいつもの時刻に出勤しなかったとか？」

「そうなんですよ。たいてい午前九時には出勤してたんですが、九時半を過ぎても事務所に来ませんでした。それで心配になって、ぼく、鳥羽のスマホに電話したんですよ。電源は切られてませんでしたが、彼女は出ませんでした」

「あなたが被害者に電話をかけたことは、スマホの着信履歴で捜査本部は確認済みです。鳥羽さんの身に何か起こったかもしれないと妙な胸騒ぎを覚えて、山根さんは車で『代々木グランテラス』に急行したんですね？」

「はい。マンションの出入口はオートロック・システムにはなってないんで、エレベーターで五階に上がったんです。五〇五号室のインターフォンを二度ほど鳴らしてみたんですが、まったく応答はありませんでした」

「で、念のため、ドアのノブを回してみた？」

「そうです。驚いたことにロックされてなかったんで、鳥羽の名を呼びながら……」

「部屋に上がったら、居間のソファセットの近くに被害者が仰向けに倒れてた。そうですね？」

「はい。もう血の気がなかったから、死後だいぶ時間が経過してると直感しました。ですんで、遺体には意図的《いとてき》に触れませんでした」

「賢明な判断でしたね。死体に触ったり動かしたら、捜査関係者を惑《まど》わせることになりますんで。警察の調べで、加害者はピッキング道具を使って五〇五号室に侵入したことがわかってます。犯人の足跡とは断定できてませんが、玄関の三和土《たたき》には二十七センチの靴の跡が遺《のこ》されてました」

「サイズ二十七センチの靴を履《は》いてる女性はいないだろうから、加害者は男でしょうね？」

「そう思われますが、靴の大きさだけで犯人が男とは断定できません。女性がわざと男物の大きな靴を履いて、五〇五号室に忍び込んだ可能性もありますから」

「ええ。もっと足の小さな男が一、二センチ大きな靴を履いた可能性もゼロではないでしょう」

「そうですね。鑑識班は被害者宅で採取した頭髪、体毛、繊維片などを分析したんですが、加害者の遺留品と断定できる物はなかった。室内やドア・ノブから、犯人のものと思われる指紋や掌紋は検出されなかったんですよ。加害者が両手に手袋を嵌めた状態で、五〇五号室に入ったことは間違いないでしょう。凶器は持ち去られてます」

「加納さん、担当管理官の話によると、マンションのエントランスホールに設置された防犯カメラには、不審者の姿はまったく映ってなかったそうですね？」

　横内所長が話に割り込んだ。

「ええ、そうなんですよ。五階の非常扉の内錠が外から外されてましたから、犯人は非常階段を使ってマンションの内部に潜り込んだんでしょう。逃げるときは、おそらく逆コースをたどったんでしょうね」

「そうなんだろうな。金品は盗まれてないし、鳥羽さんは体も穢《けが》されてなかった。となると、犯行動機は怨恨《えんこん》なんだろうか」

「そう思われるんですが、被害者は離婚後、特定の男性とは交際してなかったんですよね。職場での人間関係にも問題はなかったし、マンションの居住者たちと何かで揉《も》めたこともないんです。仕事絡みで誰かをとことん怒らせたことがなかったとしたら、元夫の杉江周平さんの存在が気になってきますね」

加納は横内に視線を当てた。

「生前、鳥羽さんは元夫に復縁をしつこく迫られて困ってると言ってましたよ。きっぱりと断ったら、交換殺人というトリックにヒントを得たようで、杉江周平さんは自分の代わりに第三者に厭がらせをさせたようです。そのあたりのことは当然、捜査当局は調べ済みなんでしょう？」

「もちろんです。杉江周平は交際してた女性に逃げられた荻典宏《おぎのりひろ》という三十五歳の塾講師を交換ストーカーにして、鳥羽深月さんを怯《おび》えさせてました」

「鳥羽さんの元夫は、まったく面識のなかった荻という男の元恋人にまとわりついて、恐怖と不安を与えてたわけか」

「ええ、そうです。荻典宏の元恋人は本多春菜《ほんだはるな》という名前で、化粧品メーカーのＯＬですね。二十七歳だったかな」

「山根君、きみは鳥羽さんとはフランクに接してたから、そのあたりのことを何か聞いてなかったの？」

横内が若手弁護士に目をやった。

「彼女はぼく以外には話してないんだけどと前置きして、元夫の復縁話をきっぱりと断ったら、結束《けっそく》バンドを首に回されて、強く引き絞られそうになったらしいんですよ」

「それで？」

加納は身を乗り出した。

「鳥羽は杉江周平に有栖川宮《ありすがわのみや》記念公園に呼び出されて話し込んでたらしいんです。鳥羽は革紐よく一組のカップルが近くを通りかかったんで、事なきを得たらしいんですが、運状の物で絞殺されたとマスコミで報じられましたが、結束バンドと革紐は似てませんか？」

「そうですね。しかし、それだけで杉江を疑うのは短絡的でしょ？」

「実は、疑わしい点はそれだけじゃないんですよ。復縁話を断って数日後、鳥羽の部屋のドア・ポストにタイやブラジルで発行されてる死体写真専門誌の切り抜きが大量に投げ込まれてたらしいんです」

「死体写真の切り抜きですって⁉」

「ええ。封書には差出人の名はなかったという話でしたが、表書きの筆跡は間違いなく元夫の杉江のものだったと言ってました。そういうおぞましい写真をたくさん投げ入れたのは、自分と復縁しなかったら、いつか殺すぞという含みがあったんでしょう」

「そうなんでしょうね。しかし、本気でそうする気だったんだろうか」

「単なる威《おど》しだったんではないかと……」

「そうだったんじゃないのかな」

「ぼくは、ただの威しではなかったと思います。というのは、杉江の交換ストーカーを務《つと》めた荻って塾講師は鳥羽につきまとって、飛び出しナイフの刃を何度もちらつかせ、にっと笑ったというんですよ」

「そうですか」

「威しにしては、度が過ぎてると思いませんか？　もしかしたら、杉江周平は荻に鳥羽を始末させて、自分は本多春菜って女性をいつか殺害すると約束してたのかもしれませんよ」

「交換ストーキングをやってから、二人は交換殺人を実行する気になったのではないかということですね？」

「はい。実行犯と被害者の間には何も接点がないわけですから、犯行がバレにくいでしょ？　なにしろ殺人動機がないわけですから」

「ミステリーの古典的なトリックが通用するとは思えないな。科学捜査の時代ですんで、ほとんどの偽装工作は捜査当局に看破されるはずです」

「ええ、いずれは見破られてしまうでしょうね。しかし、数カ月は看破されないんではありませんか。杉江と荻は交換殺人を遂行したら、別々に逃亡する気だったんではないでしょうか？」

「そうなんだろうか」

「所長はどう思われます？」

山根が横内に意見を求めた。

「加納さんがおっしゃったように、ほとんどの偽装工作はいずれ警察に看破されるだろうね。交換殺人のトリックも見抜かれるにちがいない。ただ、山根君が言ったように時間稼ぎはできそうだな。犯人と被害者には接点がないわけだからね」

「ええ、そうでしょ？　トリックを見破られるまで少し時間がかかるだろうから、杉江と荻には高飛びするチャンスはあると思うんです」

「だろうね。元都議会議員の須貝も息子の件で鳥羽弁護士を逆恨みしてただろうが、殺意まで抱くかどうか。復縁を断られた杉江周平のほうは自尊心を傷つけられたはずだから、故人に対して負《ふ》の感情を一気にぶつける気になったのかもしれないね」

「須貝も疑わしいですね」

「加納さん、素人の推測ですが、故人の元夫を調べ直していただけませんか。わたし以下、事務所のみんなが早く鳥羽さんを成仏させてやりたいと願っているんですよ。門外漢の第六感に耳を傾ける気にはなりませんか？」

「そんなふうには思ってませんよ。お二人の話はとても参考になりました。ご協力に感謝します。どうもお邪魔しました」

加納は暇《いとま》を告げ、すっくと立ち上がった。

4

みすぼらしい事務所だった。

久保寺交通事故鑑定人のオフィスは、中野区野方《なかのくのがた》の裏通りにあった。木造モルタル塗りの旧《ふる》いアパートの一階だ。間口《まぐち》は狭い。

加納はランドローバーの運転席を出た。

午後三時過ぎだった。十数メートル歩いて、交通事故鑑定人の事務所を訪《おとな》う。

六十年配の瘦《や》せた男が古ぼけた布張りの長椅子に腰かけ、将棋《しょうぎ》専門誌を読んでいた。久保寺彰だろう。

加納は警察手帳を見せ、相手が交通事故鑑定人であることをまず確かめた。

「ええ、わたしが久保寺です。二月五日に殺害された鳥羽深月さんの事件の再聞き込みなんですね？」

「そうです。少し時間をいただけますか」

「もちろん、捜査に協力しますよ。これでも警察ＯＢですんで、知ってることはなんでも話します。どうぞお掛けになってください」

久保寺が長椅子を手で示した。加納は、久保寺と向き合った。

「初動捜査時と同じことを質問させてもらいます。あなたは鳥羽弁護士の依頼で、須貝敬太が引き起こした交通事故の鑑定をされたんですよね」

「はい、そうです。わたしは、Ｓ署の交通課のずさんな捜査に驚きました。というよりも、呆《あき》れてしまいましたね」

「そうですか」

「加害車輌が法定速度で走ってたら、被害者を二十九メートルも撥ねるわけありません。くっきりと残ったタイヤ痕からも、ＢＭＷのスポーツカーがかなりの速度で横断歩道を通過したことは明らかです」

「目撃証言はなかったし、現場付近で事故当時の録画映像も入手できなかった。そんなことで、所轄署交通課は須貝敬太の供述を一方的に信じてしまったようですね」

「そうなんですよ。亡くなった被害者が赤信号にもかかわらず、横断歩道に飛び出して事故に遭《あ》ったと判断したんです。しかし、被害者は無謀なことをする人間じゃなかった。遺族は警察の判断は間違っていると考え、鳥羽弁護士を雇ったわけですよ」

「鳥羽さんも捜査ミスがあったと考え、あなたに事故の鑑定を依頼したんですね」

「ええ、そうです。事故の真相がわかると、東京地検は加害者を追起訴しました。そんな経緯《けいい》があって、須貝敬太は交通刑務所で服役することになったんですよ」

「S署交通課の調べは、単にラフだったんでしょうか。それとも、当時は都議会議員だった父親が署の幹部に泣きついて……」

「須貝忠が裏から手を回して、息子の罪を少しでも軽くしようとS署の偉いさんを抱き込んで被害者に非があったことにしてもらった疑いは拭《ぬぐ》えませんよね？」

「ええ」

「鳥羽さんは、そのあたりのことを調べてみたようですよ。しかし、須貝が袖の下を使った証拠は摑めなかったらしいんです」

「そうですか」

「それはそれとして、わたしが事故鑑定の調査を終えた日の夜、須貝忠がここにやってきました」

久保寺がためらってから、意を決したような表情で打ち明けた。

「加害者の父親がこちらを訪れたんですか⁉」

「そうなんですよ。銀行の袋に入った二百万円をいきなり差し出して、倅《せがれ》が法定速度を守ってたという鑑定結果を出してくれと頭を下げたんです」

「久保寺さんは断ったんでしょ？」

「当然、きっぱりと断りましたよ。須貝はだいぶ粘《ねば》ってたんですが、やがて帰りました。その翌日から、ひと目で裏社会の者とわかる男たち三人が事務所の前をうろつくようになったんですよ」

「そいつらは、須貝忠に雇われたんでしょう」

「おそらく、そうなんでしょうね。わたしをビビらせて、事故鑑定に手心を加えさせたかったんでしょう。数日後、須貝はふたたび事務所にやってきました。そのときは、帯封の掛かった札束を三つ積み上げて深々と頭を下げました」

「久保寺さんは、買収なんかされなかったんでしょ？」

加納は訊《き》いた。

「ええ、もちろん！　すると、須貝は自分の幼馴染《おさななじ》みが広域暴力団の二次組織の組長をやってるんだと凄みました」

「それでも、あなたは脅迫には屈しなかった?」

「はい、そうです」

「その後、危険な目に遭《あ》ったりしました?」

「わたしに魔手は迫ってきませんでしたが、鳥羽弁護士には脅迫電話がかかってきたようです。それで、彼女はわたしにも用心したほうがいいと電話してきたんですよ」

「そうですか」

「須貝が幼馴染みの組長に頼んで、鳥羽深月さんを始末させた疑いがあるんじゃないかな。わたしはそう睨《にら》んでるんですが、筋の読み方が違いますか?」

「そう疑えないこともないな。須貝忠は三百万であなたを抱き込もうとしたわけですから、犯罪のプロを雇う気になるかもしれません」

「そうですよね」

　久保寺が言って、腕を組んだ。

　それを汐《しお》に、加納は聞き込みを切り上げた。久保寺の事務所を出て、ランドローバーの運転席に入る。

　イグニッションキーを捻《ひね》ったとき、三原刑事部長から電話があった。

「担当管理官から報告が上がってきたんだが、捜査本部《チョウバ》は隣人とのトラブルを起こした立花修造《たちばなしゅうぞう》をマークしはじめてるらしいんだ」

「偏屈な老人と隣家の夫婦とは和解が成立したはずですよね」

「そうなんだが、八十一歳の立花は隣の主婦に治療費を払わされたのは鳥羽弁護士のせいだと三カ月ほど前から周囲の人間に洩らしてたそうなんだ。それだけじゃなく、『代々木グランテラス』の近辺をうろついてたことが新たにわかったらしいんだよ。立花は自分が雇った弁護士は美人弁護士に上手《うま》く言いくるめられて、和解に応じる気になったにちがいないと思ってるようだ。和解に持ち込んだ鳥羽深月のやり方はフェアじゃないと逆恨みしてたそうだ」

「そうだとしても、犯行動機が弱すぎる気がしますが……」

「確かに、そうだね。自分の側の弁護士が美人弁護士と折り合って和解に応じたとしても、鳥羽深月を殺してやりたいとまで憎しみを募《つの》らせるとは考えにくいな」

「やっぱり、立花修造はシロでしょう。こっちは、交通事故鑑定人の事務所を辞したところです。須貝忠に関して少し気になる情報を得ました」

加納は細かいことを伝えた。

「これまでの捜査情報では、須貝が久保寺を買収しようとした事実については報告されてないな。久保寺は、なぜ最初の聞き込みのとき、須貝が事務所を訪れたことを黙ってたんだろうか」

「その件を喋ったら、須貝に何か仕返しをされるかもしれないと思ったんではありませんか」

「そうなんだろうな。それはそうと、須貝が幼馴染みの組長に鳥羽深月を片づけさせたんだろうか。本部事件の被害者が須貝の息子の供述に嘘があると立証したことになったわけだからね」

「服役中の敬太に接見する手もありますが、おそらく素直には口を割らないでしょう」

「だろうな」

「父親に直《じか》に探りを入れてみます」

「そのほうがいいだろう。よろしく頼むよ」

三原が先に電話を切った。

加納はポリスモードを懐に戻し、ランドローバーを発進させた。都議会議員を辞職した須貝忠は、会社の経営に専念しているはずだ。

捜査資料で『太陽金属』の本社が品川区北品川《しながわく》一丁目にあることは確認していた。目的地に向かう。

須貝の会社を探し当てたのは、五時過ぎだった。加納はランドローバーを『太陽金属』の少し先の路肩《ろかた》に寄せた。須貝に面会を求める気でいたが、正攻法では何も得られそうもない。

加納は偽電話をかけ、須貝に鎌《かま》をかけてみることにした。私物のスマートフォンを取り出し、『太陽金属』の代表電話番号をタップする。交換台に繫《つな》がった。

「わたし、須貝社長と高校で同じクラスだった佐藤《さとう》と申しますが、電話を社長室に回してもらえないでしょうか」

「少々、お待ちください」

女性交換手の声が途切《とぎ》れた。待つほどもなく、男の野太《のぶと》い声が加納の耳に届いた。

「須貝だが、佐藤豊《ゆたか》君かい？　懐かしいな。家業の精肉店を継いだと噂で聞いてたが、変わりはない？」

「他人《ひと》の名を騙《かた》ったんだ、あんたとダイレクトに話をしたかったんでな」

加納は作り声で言った。

「おたく、何者なんだ⁉」

「恐喝屋《きようかつや》と思ってくれてもいい」

「相手を間違えてるようだな。わたしは真っ当な会社経営者だし、以前は民自党の都議会議員だったんだ」

「それはわかってる。しかし、倅が引き起こした轢き逃げ事件を裏から手を回して何とかしようと動いただろうが」

「なんの話なんだ？」

「空とぼけても意味ないぜ。あんたの息子の敬太は危険ドラッグを吸引して、ＢＭＷのスポーツカーを無謀運転した。で、横断歩道を渡ってた老人を撥ねて逃げた。しかし、破損した車をＳ署に割り出されて逮捕《パク》られた」

「人違いだ。電話、切るぞ」

「切ったら、あんたは破滅することになるぞ」

「……………」

「事故の目撃者はいなかったし、Ｓ署は現場付近から録画映像を入手できなかった。それをいいことに、あんたは被害者が赤信号を無視したと供述しろと息子に悪知恵を授《さず》けた。そして、Ｓ署の幹部に銭を掴ませたんだろうな」

「まったく身に覚えがない」

「黙って話を聞け！」

「しかし……」

訴した」

「いいから、口を閉じてろ」

「わかったよ」

「ばか息子の敬太は自分は法定速度を守っていたが、事故は避けられなかったの一点張りで通した。S署は単なる自動車運転過失致死傷容疑で地検に送った。地検は、そのまま起

「………」

「被害者《マルガイ》の遺族に雇われた鳥羽深月弁護士は悪質な危険運転致死の疑いがあると考え、久保寺彰という交通事故鑑定人に依頼して、改めて事故の検証をしてもらった。その結果、あんたの息子が八十キロのスピードで車を走らせ、赤信号を無視して人身事故を引き起こしたことが事故鑑定で明らかになった」

「倅は安全運転してたし、信号もちゃんと見てたんだ。赤信号に気づかないで横断歩道を渡りはじめた被害者が悪いんだよ。息子には何の落ち度もなかった。そうなんだよ」

「往生際《おうじようぎわ》が悪いな。あんたが言った通りだとしたら、東京地検は追起訴するわけがない。そうだろうが！」

「………」

「久保寺という交通事故鑑定人によって、轢き逃げ事件の真相が暴かれたわけだ。あんた

たち父子は破滅を回避したかった。倅は焦《あせ》ったにちがいないが、あんたも頭を抱えることになった」

「…………」

「だから、あんたは久保寺彰の事務所を二度も訪れ、なんとか金で買収しようとした。三百万円の現金をちらつかせても、交通事故鑑定人を抱き込むことはできなかった」

「…………」

「それだから、息子の敬太は追起訴されて、交通刑務所送りになった。身内の不始末のせいで、あんたは都議会議員を辞めざるを得なくなった。父子ともども人生がシナリオ通りにはいかなくなってしまったわけだ」

「…………」

「久保寺彰に交通事故の鑑定を頼んだ鳥羽深月弁護士を逆恨みしたくなる気持ちはわからなくはないよ。けど、幼馴染みの暴力団組長に美人弁護士を始末させたのは、まずいんじゃねえのか？」

「関東共栄会敷島組《きょうえいかいしきしまぐみ》の組長は幼友達だが、わたしは繁《しげる》ちゃんに人殺しを頼んだことはないぞ」

須貝が叫ぶように言った。

「いい芝居をするじゃねえか。けどさ、おれはあんたを信じてないんだよ」

「どうして信じてくれないんだっ」

「あんたは息子に嘘の供述をさせ、S署の幹部に鼻薬を利《き》かせて、捜査に手心を加えてもらった。そうだよな？」

「S署の幹部に鼻薬を利かせてもいないよ」

「しぶといね。こっちは証拠を握ってるんだよ。なんなら、幹部の名を挙げてもいいんだぜ」

加納は際《きわ》どい賭けに出た。

「その幹部の名を教えてくれ。誰が何をおたくに吹き込んだのか知らないが、わたしはS署の人間はひとりも抱き込んでない。嘘じゃないよ」

「S署があんたの息子の供述を信じて、被害者が赤信号なのに横断歩道を突っ切ろうとしたと判断し、捜査を打ち切ったと言うのか？」

「そうだったんだ」

「日本の警察は、それほど甘くない。あんたがS署の偉いさんに鼻薬を利かせたことは間違いないだろう。署長か、副署長に四、五百万円をくれてやったのか。え？」

「疑い深い奴だな。本当にS署の人間に鼻薬なんか利かせてない」

「捜査が甘かったんで、あんたの息子のスピード違反と信号無視は見逃されてしまった？」

「そう、そうだったんだよ。わたしも敬太も、S署が判断ミスしてくれたんで、少し喜んだんだ。しかし、被害者側に付いた女弁護士が久保寺に交通事故鑑定させたんで、息子は追起訴されて服役することになってしまった」

「父と子の前途を暗くした美人弁護士を逆恨みして、敷島組の組長に殺人依頼をしたんだろ？」

「同じことを何度も言わせるなっ。わたしは交通事故鑑定人の久保寺を……」

「金で抱き込んで息子の側に非はなかったという鑑定書を書かせようとしただけだと言うのか？」

「そうだ。そうだったんだよ。鳥羽深月の事件には、わたしは関与してない。警察だって、そのことはわかってる。おたくにつけ込まれる点は何もない」

「何もないって？」

加納は問いかけた。

「と思うがね」

「あんた、無防備だな」

「それ、どういう意味なんだっ」

「あんたが二度目に交通事故鑑定人の事務所を訪ねたとき、コーヒーテーブルの下でＩＣレコーダーが作動してたんだよ」

「久保寺がこっそり録音してたのか⁉」

「そういうことさ。おれは、あんたと久保寺の遣《や》り取《と》りが録音されたＩＣレコーダーを手に入れた」

「なんだって⁉」

「録音音声を公《おおやけ》にしたら、あんたは社会的な信用を失うだろうな。議員を辞めただけじゃ済まないはずだ。『太陽金属』の取引先は徐々に遠のき、やがて倒産に追いこまれると思うよ」

「そのＩＣレコーダーをメモリーごと譲ってくれ。いくらで譲ってくれるんだ？」

「逆に質問するぜ。あんた、いくら出せるんだい？」

「五百万、いや、一千万円用意するよ」

「そんな額じゃ譲れないな。最低三千万円は用意してもらう。こっちの要求が呑《の》めないなら、あんたの会社は早晩《そうばん》、潰《つぶ》れるな」

「わ、わかった。三千万は都合つけるよ。しかし、現金を集めるまで数時間はかかりそうだ」

「待とう。落ち合う場所と時間は追って連絡するよ」

「わかった」

「それからな、敷島組の組長と一緒に来てくれ」

「繁ちゃんに女弁護士殺しを頼んでないと何遍《なんべん》も言ったじゃないか」

須貝が訝《いぶか》しんだ。

「ああ、そうだな」

「なのに、なんで幼友達まで連れて来いなんて言うんだ？」

「組長に直に殺人《コロシ》を引き受けてないか答えてほしいんだよ」

「おたく、やくざを恐れてないのか？」

「ヤー公を怖《こわ》がってたら、恐喝屋はやっていけない。後で、また連絡する。金をちゃんと用意しておけ」

加納は通話を切り上げ、ほくそ笑んだ。

第二章　交換ストーカー

1

静かだった。

加納は、相模湖《さがみこ》の湖畔《こはん》に立っていた。

間もなく午後八時になる。対岸に夜釣りをしている者が幾人かいるようだが、近くに人影は見当たらない。

もうじき須貝は幼馴染みの敷島繁と一緒にやってくるだろう。『太陽金属』の社長が口止め料の三千万円を携《たずさ》えてきても、むろん加納は札束を受け取る気はなかった。

ランドローバーは数百メートル離れた所に駐《と》めてある。敷島の手下がすでに周辺にいることは予想していた。組員たちに特別仕様の覆面パトカーを見られても、須貝を脅迫した人物の車だとは思わないだろう。

右手から車の走行音が聞こえてきた。

加納は背後の雑木林の中に走り入った。息を詰め、湖畔に視線を向ける。

ほどなく目の前に黒塗りのベンツＳＬ600が停まった。ライトが消され、エンジンが切られる。

加納は目を凝《こ》らした。

車内には二人の男がいた。加納は須貝とは一面識もなかったが、三原刑事部長に顔写真をメールしてもらっていた。同じく敷島組長の写真メールも着信済みだった。

須貝よりも一歳年上の敷島は剃髪頭《スキンヘッド》で、口髭《くちひげ》をたくわえている。凶暴な面構えだ。

ベンツの運転席から須貝が降り、トランクルームから灰色のスーツケースを取り出した。中身は札束だろう。

助手席から男が出てきた。組長の敷島ではなかった。敷島の子分だろう。どうやら須貝は、敷島組の組員たちに正体不明の脅迫者を生け捕りにさせるつもりになったらしい。

それは想定内のことだった。別段、加納は慌《あわ》てなかった。

助手席に乗っていた男は四十代半ばで、大柄だった。肩幅が広い。格闘家崩れか。髪型はオールバックだ。

須貝が巨漢に何か言った。大男がうなずき、上着の内ポケットからスマートフォンを取り出した。すぐに何度かアイコンに触《ふ》れる。手下に電話をしたのだろう。加納は耳をそばだてた。

「新沼《にいぬま》君、若い者《もん》たちは怪しい男を見つけてくれたのかな?」

須貝が大男に問いかけた。

「それが見つからねえらしいんですよ。三人が手分けして、相模湖の周辺をくまなく調べてみたというんですが……」

「そうなのか」

「須貝社長、三千万円を要求した野郎は釣り人に化けて、こっちの様子をうかがってるのかもしれませんぜ」

「そうなんだろうか。もう少し待ってみよう。そのうち、姿を見せるかもしれないからな」

「わかりやした」

「新沼君、きみは繁ちゃんになりすましてくれよ」

「わかってやす。社長を強請《ゆす》った野郎がのこのこと現われやがったら、すぐにベレッタの銃口をこめかみに突きつけてやりまさあ。小便、チビるでしょう」

「やってくる奴を半殺しにしてもかまわないが、絶対に撃つなよ。殺したら、後で面倒なことになるからな」

「組長《オヤジ》にもそう言われてますんで、撃《ハジ》いたりしませんよ。威すだけでさあ」

「そうしてくれないか」

「はい」

新沼が短い返事をした。二人は、あたりを見回しはじめた。

加納は動かなかった。新沼がイタリア製の拳銃を所持していると知って、怯《ひる》んだわけではない。

その気になれば、新沼の肩か太腿を先に撃つことはできる。しかし、できれば発砲は避けたかった。地元署に隠れ捜査のことを知られたくなかったからだ。

十分ほど経過すると、新沼のスマートフォンが着信音を発した。子分からの連絡らしい。

通話は短かった。

「怪しい奴が見つかったのかな？」

須貝が新沼に訊《たず》ねた。

「左手の湖岸で夜釣りをしている男がきょろきょろしてるみたいなんでさあ」

「そいつが恐喝屋なのかもしれないな」

「おれ、ちょっと確かめてきます。すぐに戻ってきますんで、社長はここにいてください
ね」

「わかった」

「それじゃ、おれは……」

新沼が走りはじめた。巨体ながら、動作は機敏だった。足音が遠ざかる。

加納は雑木林から出た。

気配で、須貝が体ごと振り返った。

「おたくが電話をしてきたんだな？　そんな所に身を潜めてたのか」

「あんたがおれを罠に嵌《は》めるかもしれないと思ったんで、様子をうかがってたのさ」

「そうだったのか」

「助手席に乗ってた大男は、組長の敷島繁じゃないなっ」

「いや、繁ちゃんだよ」

「おれは、おたくと新沼って野郎の遣り取りを聞いてたんだよ。なめるな！」

「繁ちゃんには連絡がつかなかったんだよ。だから、若頭《カシラ》の新沼君に代役を務めてもらう
ことにしたんだ」

「それで、あんたは敷島組の奴らにおれを半殺しにさせて、正体を吐かせるつもりだったんだろ？　狸《たぬき》めっ」

加納はインサイドホルスターからグロック32を引き抜き、手早くスライドを引いた。初弾が薬室《チャンバー》に送られた。予《あらかじ》め安全装置は外してあった。

「そ、それは……」

「モデルガンじゃない。真正銃《しんせいじゆう》だよ。スーツケースから札束を一つ取り出せ！」

「実は上の段だけ、本物の札束なんだ。その下は文庫本を重ねてあるんだよ。三千万を用意できなかったんで、きょうは六百万しか持ってこられなかったんだ。でも、約束の金は必ず払う」

「金の件は後日、相談しようや。それよりも、敷島組長を呼ぶんだ。どこにいる？」

「愛住町《あいずみちよう》の情婦《おんな》のマンションにいると思うよ」

「そこに案内してもらおうか。スーツケースはトランクルームに戻せ」

「先に六百万を渡しておくよ。その代わり、絶対にわたしを撃たないでくれ」

「端《はし》た金《がね》を貰っても仕方ない。いいから、スーツケースをトランクの中に仕舞え」

「わかった、わかったよ」

須貝が体を竦《すく》ませながら、言われた通りにした。トランクリッドを押し下げたとき、靴音が響いてきた。

新沼が戻ってきたようだ。加納は須貝の片腕を摑み、雑木林の中に引きずり込んだ。

「声をあげたら、引き金を絞るぞ」

「おたくの命令には逆《さか》らわないよ」

須貝が震え声で答えた。

そのとき、新沼がベンツの近くで立ち止まった。須貝の名を呼びながら、あたりに視線を巡らせている。

須貝がわざとらしく咳《せ》き込《こ》む。

新沼が雑木林を覗き込んだ。加納はグロック32をホルスターに突っ込み、須貝の首に右腕を回した。喉を強く圧迫する。チョーク・スリーパーだ。力の加減を誤ると、相手を窒息死させてしまう。須貝は呆気《あっけ》なく気を失った。

加納は、ぐったりとした須貝を太い樹幹に凭《もた》せかけた。すぐに横に移動して、灌木《かんぼく》の中にうずくまる。

「須貝社長、そっちにいるんですね。急に気分が悪くなって、吐いたんですか？」

新沼がそう言いながら、雑木林に分け入ってきた。下草や病葉《わくらば》を踏む音を耳にしつつ、加納は新沼の背後に回り込んだ。

新沼が足を止めた。

「社長、どうしたんです？」

「………」

「恐喝野郎に高圧電流銃《スタンガン》でも押し当てられたんだな」

「違うよ。裸絞めで落としたのさ」

加納は言うなり、新沼に体当たりをくれた。

新沼が前にのめって、巨木の幹《みき》に額をぶつけた。呻き、大木にしがみつく恰好になった。加納は、新沼の左の膕《ひかがみ》を蹴った。膝頭の真裏だ。急所である。

新沼が片方の膝を折った。

すかさず加納は、もう一方の膕を蹴り込んだ。新沼は両膝をつく形になった。

加納は隙を見せなかった。新沼の背と腰に連続蹴りを入れる。新沼が横に転がって、腰のあたりに手をやった。

すぐにベレッタ92FSコンパクトを摑み出し、セーフティーロックを解除した。加納は新沼の後頭部を蹴った。

弾みで、ベレッタが暴発した。銃口炎《マズル・フラッシュ》が十センチ近く吐き出されたが、銃声は意外に小さかった。コンパクトピストルだからだろう。

放たれた銃弾は低木の小枝を噴《ふ》き飛ばし、樹木の幹にめり込んだ。樹皮の欠片《かけら》が四散する。

加納は新沼の背を片方の膝で押さえ込み、ベレッタを奪い取った。銃口を新沼の太い首に突きつける。

「おれは関東共栄会敷島組の組長だぜ。ふざけた真似をしやがって！　てめえ、どこの筋《すじ》嚙んでやがるんだ。ただの恐喝屋《カツアゲや》じゃねえんだろうが？」

「新沼、下手な芝居はやめろ。そっちは敷島組の若頭《カシラ》で、組長なんかじゃない。わかってるんだよ」

「な、なんで知ってやがるんだ⁉」

「さっき須貝から直《じか》に聞いたんだよ」

「てめえ、何者なんでえ」

「その質問にはノーコメントだ。敷島は幼馴染みの須貝に頼まれて、組の誰かに二月五日の夜、鳥羽深月という弁護士を殺《や》らせたんじゃないのかっ」

「いったい何屋なんでえ？　てめえ、やくざ者じゃねえな」

「訊かれたことに素直に答えないと、頭をミンチにしちまうぞ」

「撃《ハジ》くだけの度胸があるんなら、ぶっ放せや」

新沼が虚勢を張った。

加納はわずかに狙いを外して、無造作にベレッタの引き金を絞った。銃声が轟《とどろ》き、右手首が反動《キック》で上下する。銃弾は近くの大木の根方《ねかた》に埋まった。

「て、てめえ、頭《ペテン》がおかしいんじゃねえのか。敷島の組長《オヤジ》は殺人《コロシ》が割に合わねえことを知ってんだ。組の者に人殺しなんかさせねえよ。殺人教唆《きょうさ》でも、五年以上は臭い飯を喰《く》わされることになるからな」

「敷島は組の者には、須貝に女弁護士を始末してくれって頼まれたことを喋らなかったらしいな」

加納は、なおも鎌をかけた。

「てめえは何か勘違いしてやがるんだ。こっちに来る途中で須貝社長も、てめえのことを単なる強請屋じゃないと言ってたが、狙いは銭じゃなさそうだな」

「好きに考えてくれ」

「てめえは、鳥羽とかいう女弁護士を殺した事件《ヤマ》に須貝社長や敷島組が関わってると疑ってるみてえだけど、そいつは見当違いだぜ」

「脳天を撃ち抜かれたくなかったら、敷島が世話してる愛人《レコ》の名前を喋るんだな。その彼女は、愛住町に住んでるんだって？ そこまでは須貝から聞き出したんだよ」

「てめえ、何を考えてるんだ！　情婦《おんな》を人質に取って、組長《オヤジ》を誘《おび》き出そうってのかっ」

「念仏を唱《とな》えろ」

「てめえは狂ってやがる。まともじゃねえ」

「おれは、あまり気が長くないんだよ」

「やめろ！　撃つな。組長《オヤジ》の情婦《おんな》は久米麻耶《くめまや》って名で、二十六歳だよ。元タレントで、ナイスバディなんだ。わがままだけど、いい女だよ」

「自宅は愛住町のどこらへんにある？」

「舟町《ふなまち》側に『四谷《よつや》ロイヤルハイツ』って賃貸マンションがあるんだが、夜はたいがい麻耶さんの部屋にいらあ。姐《あね》さん公認のセックスペットなんだよ」

「部屋は何号室だ？」

「八〇一号室だったかな。おれが口を割ったこと、組長《オヤジ》には黙っててくれ。若頭補佐に格下げされたら、かなわねえからな」

「いいだろう。その代わり、そっちも敷島には余計なことは喋るなよ」

「わかってらあ」

新沼が言って、仰向けになった。加納はイタリア製のコンパクトピストルを左手に移し、右手で新沼の頰を強く挟んだ。

指先に力を込めると、新沼の顎《あご》の関節が外れた。新沼が体を左右に振って、もがき苦しみはじめる。加納は冷笑した。新沼は身を丸め、口から涎《よだれ》を垂らしつづけた。

「舎弟《しゃてい》たちがそのうち須貝とあんたを見つけてくれるだろう。あばよ」

加納は雑木林を出ると、ベレッタ92ＦＳコンパクトを湖に投げ込んだ。かすかな水音が響いた。

加納は、ランドローバーを駐めてある場所に向かって走りはじめた。五、六十メートル走ると、行く手に柄の悪そうな男がいた。三十歳前後で、丸刈りだ。顔を向けてきた。

「おまえ、何してるんだよ？」

「ジョギングしてるんだ」

「こんな時間にかよ⁉」

「悪いか？」

「別に悪かねえけどさ、なんか怪しいな」

「怪しい？」

加納は涼しい顔で問い返した。

「おまえ、『太陽金属』の須貝社長から三千万円を脅し取ろうとした奴なんじゃねえのかっ」

「誰なんだ、そいつは？」

「ばっくれてやがって。なら、ちょいとビビらせてやるか」

丸刈りの男が懐を探って、折り畳み式のナイフを取り出した。いわゆるフォールディングナイフだ。柄《え》は茶色だった。刃が起こされた。刃渡りは十三、四センチだった。

「そっちと遊んでる暇はないんだよ」

「でっけえ口を叩きやがって。おれは関東共栄会敷島組の盃を貰ってるんだ。堅気《ネス》が粋がってると、大怪我するぜ」

「刃物《ヤッパ》を捨てて、その場に坐れ！」

加納は嘲笑して、インサイドホルスターからグロック32を抜いた。丸刈りの男が目を剝《む》く。

「その拳銃《チャカ》、本物《モノホン》かよ⁉」

「もちろん、本物さ。疑ってるようだから、一発ぶっ放してやろう」

加納は右腕を突き出した。

丸刈りの男がフォールディングナイフを道端に投げ捨て、暗がりに逃げ込んだ。逃げ足はおそろしく速《はや》かった。

加納は苦笑し、ハンドガンをホルスターに戻した。ランドローバーに乗り込み、ギアをDレンジ《ドライブ》に移す。相模湖ＩＣ《インターチェンジ》に向かい、中央自動車道の上り線に入った。思いのほか車の流れはスムーズだった。新宿まで三十分もかからなかった。

やがて、『四谷ロイヤルハイツ』に到着した。八階建てで、南欧風の造りだ。

加納は賃貸マンションの際《きわ》にランドローバーを置き、そっと運転席から出た。大股でアプローチを進む。表玄関はオートロック・システムになっていない。

加納は居住者のような顔をして堂々とエントランスホールに入り、エレベーターで八階に上がった。

八〇一号室は、エレベーターのすぐそばにあった。加納はあたりをうかがってから、両手に布手袋を嵌めた。色の濃いサングラスをかけ、八〇一号室に接近する。

加納はピッキング道具を使って、ドア・ロックを解いた。

ドアを細く開け、そっと入室する。短い廊下の先にある居間は明るかったが、誰もいないようだ。

加納は土足で上がり込み、居間まで進んだ。やはり、無人だった。

間取りは２ＬＤＫだろう。居間を挟んで二つの部屋がある。左側は和室らしく、襖《ふすま》で仕切られている。右側にある洋室から、女のかすかな呻き声が洩れてくる。敷島組の組長は若い愛人の性感帯を刺激しているようだ。

加納は洋室のドア・ノブをゆっくりと回し、少しずつドアを押し開いた。

ダブルベッドに俯《うつぶ》せになっている女は、一糸もまとっていない。久米麻耶だろう。彼女のかたわらに胡坐《あぐら》をかいている敷島繁は裸ではなかった。

よく見ると、組長はタトゥーマシンを握っていた。女の片方の尻《しり》には、バラの下絵が描かれている。

「麻耶、おれは彫り師《ほし》じゃねえんだ。うまく色づけできそうもないな。ちゃんとした刺青《いれずみ》師《し》に緋牡丹《ひぼたん》の刺青を入れてもらったほうがいいよ。金は出してやる」

「いまどき、日本式の刺青なんかダサいわよ。西洋式のカラフルなタトゥーじゃなきゃ。そのタトゥーマシンで誰でも簡単に彩色できるって話だから、早くスイッチを入れて」

「やっぱり、自信ねえな」

敷島が言って、ワゴンの上にタトゥーマシンを置いた。麻耶が長嘆息《ちょうたんそく》する。

加納はグロック32を握ってから、ドアを大きく押し開けた。敷島が驚きの声をあげた。

全裸の麻耶はベッドカバーを大きく捲《めく》って、白い肌を隠した。

「殴り込み《カチコミ》じゃないから、安心しろ。あんたに確認したいことがあって、愛人《レコ》の家《ヤサ》に無断で入らせてもらっただけだ」

加納は言って、敷島に銃口を向けた。

「おめえ、忠、須貝忠を脅迫した奴だなっ」

「ああ、そうだ。しかし、『太陽金属』の社長から金をせびる気はない。あんた、幼馴染みの須貝に頼まれて、鳥羽深月という弁護士を誰かに殺《や》らせたんじゃないのかっ。正直に答えろ！」

「忠は息子の件で若い女弁護士を逆恨みしてたが、そこまでやる気にはならねえよ。おれは、忠に殺人《コロシ》なんか一度も頼まれたことはねえぜ。嘘じゃねえ」

「体に訊《き》いてみるか」

「撃たれたって、おれは潔白だ。忠も誰かに殺人は依頼してねえ。あいつは小心者だから、そんな度胸はないよ」

「あんたは、男稼業を張ってる人間だ」

「どっかの組に面子《メンツ》を潰されたら、人殺しも厭《いと》わないさ。けど、そのほかの理由で筋金入りのやくざが人殺しを請け負ったりしねえよ」

「おれは、やくざの言葉を信じない主義なんだ。一発お見舞いするぜ」

「やればいいさ」

敷島が射《い》るような目を向けてきた。

加納は引き金《トリガー》に人差し指を深く巻きつけた。それでも、敷島はたじろがない。隠しごとはしてないようだ。

「そっちは肝《きも》が据《す》わってるが、裏街道を歩いてきたようには見えねえな。女弁護士殺しを追ってるようだが、おれも忠もシロだ。気が済んだら、消えてくれ」

「野暮なことをしてしまったな。勘弁してくれ」

加納は拳銃をホルスターに収め、寝室のドアを閉めた。

2

溜息が出そうになる。

きのうは何も収穫がなかった。須貝忠と敷島繁は、捜査本部事件には絡んでいないだろう。捜査は無駄の積み重ねだ。焦《あせ》ることはない。

加納は自分にそう言い聞かせ、ドア・ポケットから捜査ファイルを取り出した。ランドローバーは、丸《まる》の内《うち》にある外資系投資会社のオフィスの近くに駐めてあった。正午前だった。

殺害された美人弁護士の元夫の杉江周平は、外資系投資会社で働いている。鳥羽深月につきまとってストーカー規制法違反で書類送検されたのだが、解雇はされなかった。

加納は煙草を喫《す》いながら、杉江に関する調書を改めて読みはじめた。

杉江は深月と離婚してからも、執拗《しつよう》に復縁を迫った。しかし、はっきりと拒まれてしまった。自尊心を傷つけられた杉江は、元妻にさまざまな厭がらせをした。そのため、深月は態度を硬化させた。

杉江の未練は、憎悪に変わったのだろう。インターネットの復讐サイトで、交換ストーカーを探しはじめた。

交換ストーカーに選ばれたのは荻典宏だった。塾講師の荻は、二年数カ月前に喧嘩別れした元恋人の本多春菜にストーカー行為を重ねていた。春菜は大手化粧品メーカーの企画室に勤めている。

杉江は当初、自分の代わりに荻に美人弁護士に恐怖と不安を与えてもらうつもりだったらしい。しかし、メールで遣り取りをしているうちに二人は〝交換ストーカー〟になる約束をした。杉江は一面識もない本多春菜を尾行し、怯《おび》え戦《おのの》かせる。荻のほうは、杉江の元妻の鳥羽深月につきまとう。

こうして交換ストーキングは開始された。加害者と被害者には接点がない。杉江と荻は自分たちの犯罪が発覚することはないと高を括《くく》っていたと思われる。

しかし、警察は間抜けではない。本多春菜が相談に訪れた所轄署の刑事たちは杉江の正体を突きとめ、ネットの復讐サイトにアクセスしていた事実を調べ上げた。さらに杉江の依頼で荻が鳥羽深月をつけ回していることも把握した。

そんなわけで、杉江と荻はストーカー規制法に引っかかった。その時点で、二人の女性はストーカーに悩まされることはなくなった。

だが、捜査本部は杉江が荻に交換殺人を持ちかけた可能性もゼロではないと考えた。捜査班の面々は早速、二月五日の荻のアリバイ調べをした。

荻は事件当夜、大学時代の友人三人と中目黒《なかめぐろ》の洋風居酒屋で飲んでいたと供述した。同席した友人らと店の従業員の証言で、一応、荻のアリバイは立証された。

しかし、意地の悪い見方をすれば、荻が友人や店の従業員らに口裏を合わせてもらったとも疑えないことはない。

そうだったとしたら、荻が杉江の代わりに鳥羽深月を絞殺したとも推測できる。杉江は、そのうち荻の元恋人の本多春菜を亡き者にすることになっているのかもしれない。

どちらも犯行動機はないわけだから、捜査当局は容易に交換殺人の密約があったとは見抜けないだろう。

捜査本部は、美人弁護士の元夫の杉江を怪しんだ。しかし、事件当日、杉江はニューヨークにいた。海外出張で三日前からニューヨークのホテルに宿泊していたのである。裏付けは取られていた。杉江が元妻殺しの実行犯ではあり得ない。

ただし、荻に深月の殺害を依頼した疑いは拭えないだろう。これまでの捜査には抜かりがあったのかもしれない。

加納はそう考え、少し杉江の動きを探ってみる気になったのだ。

勤め先の近代的なビルから杉江が現われたのは、午後一時数分前だった。捜査資料の写真よりもハンサムだ。上背もある。

杉江はきちんとスーツを着ているが、ビジネスバッグは手にしていない。職場の近くで、昼食を摂《と》る気なのか。

加納はランドローバーを降り、杉江を尾行しはじめた。

杉江はビジネス街を急ぎ足で抜け、ＪＲ有楽町《ゆうらくちょう》駅近くのメガバンクに入った。ＡＴＭのコーナーに歩《ほ》を進め、現金を二回に分けて引き出した。万札は十枚や二十枚ではなかった。百枚はありそうだ。

メガバンクの有楽町支店から出てきた杉江は、ガード下の食堂に入っていった。加納は店内を覗き込んだ。

杉江は奥のテーブル席につき、何かを注文した。

表情が暗い。頬杖《ほおづえ》をついて、テーブルの一点を見つめている。

少し経《た》つと、杉江のテーブルにカツ丼が運ばれた。杉江は箸《はし》を取ったが、半分も食べなかった。何か心配ごとがあって、食欲がないのだろう。

杉江は茶を啜《すす》ると、腰を浮かせた。加納は物陰に隠れた。

ほどなく杉江は食堂から出てきて、新有楽町ビルに向かって歩きだした。加納は後を追った。

新有楽町ビルの出入口付近にたたずんだ杉江は人待ち顔で、左手首の腕時計に目を落とした。友人に借金を申し込まれて、キャッシュを手渡す気なのか。
五、六分が過ぎたころ、モヒカン刈りの十八、九歳のパンクファッションの少年が杉江に声をかけた。
杉江は少年と短く言葉を交わし、上着の内ポケットから取り出したメガバンクの名の入った白い封筒を手渡した。中身は札束のはずだ。

杉江は、少年に何か弱みを握られて強請られたのだろうか。美人局《つつもたせ》に引っかかったのかもしれない。

杉江は職場に足を向けた。モヒカン刈りの少年は東京メトロ日比谷《ひびや》駅方面に歩きだした。

加納は少年を尾《つ》けはじめた。

パンクファッションの少年は大股で進み、日比谷公園に足を踏み入れた。園内に恐喝仲間がいるのかもしれない。少年は遊歩道をたどり、小音楽堂の手前にあるベンチに腰かけた。誰と落ち合うつもりなのか。

少年が脚《あし》を組んで、マールボロをくわえた。

半分ほど喫《す》ったとき、彼の懐でスマートフォンが着信音を響かせた。加納は植え込みの中に入り、ベンチの背後に回った。

モヒカン刈りの少年が喫いさしの煙草を足許に落とし、スマートフォンを耳に押し当てた。

「えっ、急に来られなくなったの？　そうなのか」

「……………」

「金はちゃんと受け取ったよ。数えなかったけど、杉江は袋の中に百万入ってると言ってた」

「……………」

「謝礼の十万は抜いてもいいんでしょ？　残りの九十万は預かっとくよ。でも、遣《つか》いたくなっちゃうな」

「…………」

「冗談だよ。会ったとき、先生に九十万を渡すって。おれ、遣い込んだりしないよ。じゃね」

電話が切られた。

加納は遊歩道に躍り出て、ベンチの前に立ち塞《ふさ》がった。

「ん？　何だよっ」

モヒカン刈りの少年が挑発的な眼差《まなざ》しを向けてきた。

「喧嘩っ早いようだな」

「悪いかよ、おっ、おっさん？」

「おれは、まだ三十代だぜ。おっ、おっさんはないだろうが？」

「十八のおれから見たら、もうおっ、おっさんだって」

「ま、いいか。電話をかけてきたのは、塾講師をやってる荻典宏だな？」

「あんた、誰なんだ⁉」

「名乗るほどの男じゃないよ。他人《ひと》の弱みにつけ入ってる屑《くず》さ」

「ちょっと崩れた感じだけど、ヤーさんじゃなさそうだな。たかりで喰ってるの？」

「そんなとこだ。坊やは新有楽町ビルの前で杉江周平から百万円を受け取ったな？　おれは見てたんだから、シラを切っても意味ないぞ」

「気持ち悪いおっさんだな」

少年が立ち上がるなり、頭を下げた。どうやら頭突きを見舞う気になったらしい。

加納は躱《かわ》さなかった。腹筋を張り、相手の頭突きを受ける。ダメージは、ほとんど受けなかった。

加納は少年の首に手刀打《しゅとう》ちをくれ、二本貫手《ぬきて》で両眼を突いた。相手が動物じみた唸り声をあげ、ベンチに片肘をついた。

加納は相手のパーカのポケットに手を突っ込み、大型カッターナイフと喧嘩道具のキラーナックルを摑み出した。

「坊や、物騒な物を持ってるな。公園の斜め前にある丸の内署のお巡りを呼んだら、説諭《せつゆ》だけじゃ済まないだろうな」

「警官《マッポ》なんか呼ばないでくれよ。おれ、少年院《ネンショウ》に入ってたんだ。コンビニの店員にカッターナイフをちらつかせて、売上金をかっぱらったんだよ。けど、家《ヤサ》に帰ったら、お巡りたちが待ってた。乗りつけたバイクを置いてきちゃったんで、ナンバーから足がついたんだ」

「ドジな坊やだ。荻が教えてる学習塾に通ってたのか？」

「うん、中二までね。そのころ、おれは真面目だったんだ。信じられないかもしんないけどさ」

「何かあって、グレちゃったわけか？」

「そう。親父が部下のＯＬと不倫してたんだよ。そのことがおふくろにバレちゃって、家の中がぐちゃぐちゃになっちまったんだ。おふくろは腹いせに夜遊びするようになって、スナックで知り合った若い男と泊まるようになった」

「家庭崩壊だな」

「その通りだよ。でもさ、両親は世間体を考えて仮面夫婦を演じてた。二つ違いの姉貴とおれは荒れるようになって……」

　モヒカン刈りの若者が上体を起こした。

「ヤンキー街道をまっしぐらか」

「うん。姉貴は通ってた高校を退学して、チンピラと同棲しはじめた。おれは一応、高校に入ったんだけどさ、非行少年《ワル》ばっかりだった。高一の一学期で自主退学して、鉄筋工とか店員とかやってた。だけど、安い給料で扱《こ》き使われてたんで、どこも長続きしなくてさ」

「そうかい。荻には何か恩義があるようだな」

加納は言って、少年のかたわらに腰かけた。

「荻先生はおれの将来のことを心配してくれてさ、少年院を出た翌月に家を訪ねてきたんだよ。それで、個人的に勉強を教えてやるから、〝高認〟で高卒の資格を取れって言ってくれたんだ」

「で、どうしたんだ？」

「おれは先生の期待に応《こた》えようとしたよ。けどさ、遊び仲間が次々に誘いに来るもんで……」

「また、乱れた生活をするようになったのか」

「そう！　でも、荻先生には借りがあるからさ、協力できることは協力してるんだよ」

「律義なんだな。坊や、なんて名だ？」

「おれの名前なんかどうでもいいじゃねえか。それより、カッターナイフとキラーナックルを返してくれよ。喧嘩《ゴロ》巻かれることが多いから、必要なんだ」

「こっちの質問に答える気がないなら、丸の内署の者に来てもらおう」

「わかったよ。末浦剛《すえうらつよし》ってんだ。名前を教えたんだから、警官《マッポ》なんか呼ばないでくれよな」

「いいだろう。荻典宏は、杉江周平のどんな弱みを恐喝材料にしてるんだ？」

「おれは、よく知らねえよ。でも、半月前にも先生の代理で百万を受け取ったから、杉江はもう二百万もせびられたことになるね」

「そっちは、荻がストーカー規制法に引っかかって書類送検されたことを知ってるのか？」

「えっ、そうなの⁉ 先生は二年以上前につき合ってた彼女にフラれたみたいだから、街で見かけたマブい女につきまとってたんじゃないの。ビンゴだよね？」

「荻は、杉江の元妻の美人弁護士をつけ回してたんだよ。杉江は、荻のかつての恋人にストーカー行為をしてた」

「どういうことなの⁉ 頭が混乱してきたな。先生は一度も杉江に会ったことがないと言ってたのに」

末浦が首を傾《かし》げた。

「杉江はネットの復讐サイトで荻がかつて交際してた女性に憎しみを感じてることを知って、仕返しの対象者を交換しないかと持ちかけたんだよ」

「先生はその話に乗って、杉江の元妻に厭がらせをしてたのか」

「そういうことだな。で、杉江のほうは荻の昔の彼女に影のようにつきまとって、恐怖心を与えてた。杉江と荻の二人はストーカー規制法に引っかかって、ともに書類送検されたんだよ」

「なら、どっちも同罪だし、弱みを握り合ってるわけだよな?」

「そうなるな。しかし、なぜか荻のほうが優位に立ってる。もっとわかりやすく言うと、荻は杉江の致命的な弱みを握ってるんだろうな。それだから、きょうの分を含めて二百万をせびることができたにちがいない」

「そうなのかな」

「坊やはニュースには関心がないだろうが、二月五日の夜、杉江の元妻の弁護士は自宅マンションで何者かに絞殺されたんだよ」

「あっ、その事件なら、薄ぼんやりと憶《おぼ》えてるな。殺されたのは女優並の美人だったんだよね。まだ三十歳だったんじゃない? テレビに顔写真が映し出されたとき、おれ、もったいないなって思ったんで……」

「頭に残ってたんだな」

「うん、そう! もしかしたらさ、荻先生が杉江の元奥さんを殺《や》っちゃったのかな。そうなら、先生は杉江から金を毟《むし》れるよね」

「ああ、そうだな」

「でも、口止め料にしても少し安いんじゃない?」

「それは、荻のほうにも弱みがあったからじゃないのか。荻が杉江の元妻を始末したと仮定してみよう。杉江が際限《さいげん》なく強請られることを考えて荻に交換殺人を依頼したと警察に出頭したら、当然、実行犯は捕まる」

「そっか、先生は杉江が自首する気を起こさないように百万ずつ二回に分けて要求したのかもしれないな。おれを代理人にして口止め料らしい金を受け取らせたのは、自分の本名や住所を杉江に知られたくなかったからなんじゃない？」

「ああ、おそらくな。ただな、美人弁護士が殺害された当夜、荻典宏には一応、アリバイがあるんだよ」

「なら、先生は殺人事件にはタッチしてないんでしょ？」

「荻のアリバイを立証したのは、学生時代からの友人たちと洋風居酒屋の従業員なんだよ。証言者たちに口裏を合わせてもらった疑いがないとは言い切れない」

「かもしんないけどさ、先生は人殺しなんかできないと思うぜ。荻先生はちょっと粘《ねば》っこい性格だけどさ、冷たい人間じゃない。塾の教え子の将来のことを心配してくれるぐらいだから、根は優しいはずだよ。教員免許も持ってるから、分別は弁《わきま》えてると思うな」

「ま、そうだろう」

「まったく会ったこともない杉江の元奥さんを殺《や》ったりはしないでしょ？　おれは、そう思うね。きっと先生は、杉江の何か別の弱みを押さえたにちがいないよ。杉江が会社の金を横領してたとか、靴フェチで若い女が履《は》いてたハイヒールを盗みまくってたとかさ。そういう弱点を握ったんじゃない？」

「坊や、おれと組んで荻の脅迫材料が何なのか突きとめてみないか。うまくいったら、おれたちは杉江と荻の二人を預金口座にできるじゃないか」

加納は、ことさら卑《いや》しい笑い方をした。恐喝屋に見えただろうか。

「預金口座？　ああ、先生と杉江を金蔓《かねづる》にしようってことか。おれ、荻先生によくしてもらってるから、迷惑はかけたくないんだ。悪事の片棒は担《かつ》げないよ」

「見かけによらず、案外、古風なんだな」

「人間、恩を忘れちゃいけないでしょ？」

「荻は、なぜここに来られなかったんだ？」

「塾の生徒が親と一緒に先生の自宅マンションに進路相談に来るんだってさ」

「そうか。荻は学芸大《がくげいだい》のマンションに住んでて、学習塾は自由《じゆう》が丘《おか》にあるんだったな」

「そうだよ。おじさん、何者なの!?　なんか不気味だな。カッターナイフとキラーナックル、返してくんない？」

「おれと組む気がないんだったら、もう行ってもいいよ。荻には何も言うな。いいなっ」

「わかったよ。で、どうなの？　カッターナイフとキラーナックル、返してくれる？」

「男なら、素手で殴り合うんだな」

「ちっ」

末浦が勢いよく立ち上がり、そのまま走り去った。

加納は、カッターナイフとキラーナックルを背後の植え込みに投げ捨てた。ベンチから立ち上がったとき、刑事部長の三原から電話がかかってきた。

「担当管理官から報告があったんだが、代々木署の捜査本部は隣人とトラブルを起こした立花修造もシロと判断して、捜査対象者から外したそうだ」

「そうですか」

「きみのほうはどうなのかな」

「杉江と荻が交換ストーキングだけではなく、交換殺人も共謀したのかどうか調べ直してるところです」

加納は報告し終えると、公園の出入口に向かって歩きだした。

3

ようやく電話ボックスが見つかった。

加納は、ランドローバーを路肩に寄せた。神田錦町《かんだにしきちょう》一丁目だ。神田署の近くである。

加納は日比谷公園から丸の内のオフィス街に戻り、しばらく車の中で張り込んでいた。しかし、杉江は社内に留《とど》まったままだった。

漫然と張り込んでいては、時間がもったいない。加納は始末屋と称して杉江を揺さぶってみる気になった。

刑事用携帯電話《ポリスモード》や私物のスマートフォンを使ったら、杉江に発信者の素姓《すじよう》を知られてしまう恐れがある。そこで、公衆電話を使用することにしたのだ。杉江の電話番号は、捜査資料に記されていた。

加納は車を降りた。

ガードレールを跨《また》いだとき、街路樹の下にいた小さな蜥蜴《とかげ》をうっかり踏み潰してしまった。内臓が食《は》み出している。微動だにしない。

死んだ祖母の顔が脳裏を掠《かす》めた。祖母は庭にいる昆虫類は家族と同じようなものだから、決して粗末に扱うなと少年のころの加納に言っていた。そのことは忘れていない。

加納は動かなくなった蜥蜴に心の中で詫び、公衆電話ボックスの中に入った。受話器をフックから外し、杉江に電話をする。

スリーコールで、電話は繋がった。

「はい、杉江です」

「おたく、きょうの昼過ぎに新有楽町ビルの前でモヒカン刈りの坊やに百万円を渡したよな。半月前にも百万をせびられた。末浦って坊主はただの代理人で、恐喝の主犯は別にいる。そうだね！」

「あなた、どなたなんです？」

「始末屋だよ。といっても、殺し屋なんかじゃないぞ。誰かに強請られて困ってる人間の味方をして、謝礼をいただいてる。要するに、助っ人稼業だな」

「わ、わたしは誰にも脅迫なんかされていませんよ」

杉江はうろたえながらも、はっきりと否定した。

「下手な芝居をするなって。おれは何もかも知ってるんだ」

「何もかも？」

「そう。そっちはネットの復讐サイトで交換ストーキングの共犯者を見つけ出して、元妻の鳥羽深月につきまとわせてたんだろ？　そして、そっちは共犯者の元恋人の本多春菜を尾行しつづけ、恐怖と不安を与えてた」

「えっ⁉」

「そっちと共犯者は偽名を使って顔を合わせることなく、憎んでる女をビビらせることができた。しかし、どちらもストーカー規制法違反で書類送検されることになっちまった」

「………」

「そっちと共犯者は仕事を失うことはなかったが、犯罪者の烙印《らくいん》を捺《お》されちまった。それで、元妻や元恋人をさらに逆恨みするようになったんじゃないのか。そっちと共犯者はメールの遣り取りをして、交換殺人をやらかす気になったんだろ？」

「いや、そんなことは企《たくら》んでない」

「そうかな。そっちは共犯者に先に離婚した女弁護士を殺《や》らせて、いずれ何の接点もない本多春菜を葬《ほうむ》ることになってたんじゃないのか？」

「復讐サイトを介して接触した人物と交換ストーカー行為をやって、どちらも検挙されたことは認めますよ。逮捕されて、佐藤肇《さとうはじめ》と名乗ってた共犯者の本名が荻典宏だと知ったんです。警察の人に教えられたんですよ。荻のほうも捕まってから、わたしの本当の名を知ったようです」

「そっちは、荻に元妻の鳥羽深月を始末させたんじゃないのか？　ニューヨークに出張してる間にな。そっちも、荻の元彼女の本多春菜を片づける気でいたが、いざとなったら、怖気《おじけ》づいてしまった。焦れた荻は交換殺人の報酬を払えと言ってきた。で、そっちは半月ほど前に百万円払って、きょう代理人の末浦剛に同額を渡した。モヒカン刈りの坊やは、荻が講師をしている学習塾の教え子なんだよ」

「そのことは知ってます。警察で取り調べを受けたとき、荻が『光進ゼミナール』という学習塾の講師だと教えられたんですよ」

「そうか」

「わたし、荻を信用しすぎてしまったんです。まさか〝交換ストーカー〟の共犯者に裏切られるとは夢にも思ってなかったんで、電話で……」

「どういうことなんだ？」

加納は早口で訊いた。

「わたし、一月中旬に直《じか》に荻に電話をかけて、離婚した元妻をこの世から消してくれと頼んだんです。その通りにしてくれたら、わたしも必ず本多春菜を亡き者にしてやると約束したんですよ」

「荻はどう反応した？」

「ただ黙って、じっと話を聞いてました。荻は、奴は、わたしの音声をこっそりと録音してたんですよ。それを知ったのは後のことで、荻は深月が死んだ数日後に『貴君のリクエストに応えました』とメールしてきたんです」

「警察の調べによると、事件当夜、荻典宏は学生時代の友人三人と中目黒の洋風居酒屋で深夜まで飲んでたようだぜ。店の者の証言もあるらしいんだが、アリバイを偽装したのかな？」

「そうなんだと思います。その後、荻はメールで今度は自分のリクエストに応えてほしいと三回も送信してきました。ですが、わたしは荻の昔の彼女を殺すことができなかったんですよ」

「そっちがなかなか約束を果たす気配がないんで、交換殺人の成功報酬をくれと要求してきたわけか」

「ええ、そうなんです。もう本多春菜を殺《や》らなくてもいいから、深月の始末代として、二千万円払えとメールで……」

「で？」

「外資系の会社は割に年俸がいいんですが、二千万円の預金なんかありません。だから、分割払いにしてくれと荻に頼んだんです。最初は渋ってましたが、それでもいいということになったんですよ」

「それで、半月あまり前ときょうの二回で併《あわ》せて二百万円を代理人の坊やに渡したわけだな？」

「そうです」

「そっちは荻に危《ヤバ》い音声を録音されたということだったが、先方にも弱みはあるじゃないか。そっちの希望通り、鳥羽深月を殺《や》ったかもしれないわけだからさ」

「ですけど、わたしに弱みがあることは間違いないんで……」

「荻の要求を突っ撥ねることもできなかったのか」

「そうなんですよ」

「なら、おれが危《ヤバ》い録音音声を手に入れてやろう。その代わり、謝礼として一千万円貰うぜ。どうだい？」

「一千万円ですか」

杉江が唸った。

「荻とのメールを保存してあって、問題の録音音声を回収すれば、もう塾講師につけ込まれることはないだろう」

「ええ、そうですね。一千万円の報酬でも結構ですんで、なんとか録音音声を手に入れてください」

「わかったよ。引き受けよう」

「どんな手を使うつもりなんですか？」

「そいつは、企業秘密ってやつだ。教えるわけにはいかないな」

「そうでしょうね。あのう、お名前を教えてもらえないでしょうか」

「本名は言えないが、通称は郷力哉《ごうりきや》だ」

「スマホのナンバーは？」

「それは教えられない。おれは用心深いんだよ。ディスプレイを見りゃわかるだろうが、公衆電話でかけてんだ。例の物を手に入れたら、そっちに連絡するよ」

加納は電話を切り、ボックスを出た。ランドローバーに乗り込み、捜査ファイルを開く。

荻のアリバイを証言した三人の友人と洋風居酒屋の店主の氏名と連絡先は記述されていた。加納は刑事用携帯電話《ポリスモード》を上着の内ポケットから取り出し、荻の友人たちに次々に電話をかけた。

警視庁の刑事であることを明かし、二月五日の夜のことを訊く。荻がどんな酒を飲み、肴に何を選んだかを最初に質問した。

友人たちの答えは、まちまちだった。話題や店内の客数についても、一致する点はなかった。

美人弁護士が殺害された夜、荻典宏は中目黒の洋風居酒屋『トワイライト』にいなかったのではないか。そんな疑念が一気に膨《ふく》れ上がった。

加納は、洋風居酒屋の店主の伏見哲孝《ふしみてつたか》のスマートフォンをコールしてみた。電源は入っていたが、メッセージセンターに繋がった。加納は伝言を入れずに、通話を切り上げた。

そのとき、腹が鳴った。加納は少し車を走らせ、中華レストランに寄った。駐車場にランドローバーを置き、大盛りの五目炒飯《ごもくチャーハン》を食《しょく》す。

さほど味はよくなかったが、空腹感をなだめることはできた。勘定を払っていると、懐でポリスモードが振動した。

加納は釣り銭を受け取り、店の外に出た。電話をかけてきたのは、堂副総監だった。

「捜査本部が先に犯人《ホシ》にたどり着きました？」

加納は問いかけた。

「いや、そうじゃないんだ。昨夜《ゆうべ》、東京地検の特捜部の部長と一杯飲《や》ったんだが、ちょっと気になる話を聞いたんだよ」

「その方は、大学の二年後輩でしたよね」

「そう、硬骨漢でね。年下ながら、尊敬してるんだ。美人弁護士の親友が特捜部の特殊直告班の検察事務官をやってたよな？」

「ええ、資料にそう記されてました。特殊直告班というと、告訴・告発事件のうち、割に小規模な事件を担当してるんでしょう？」

「そうだね。財政班や経済班のように知られたセクションではないが、やり甲斐《がい》はあるはずだ」

「でしょうね」

「殺された鳥羽深月と親しくしてた検察事務官は薬丸未樹《やくまるみき》という名で、初動捜査で協力的だったはずだよ」

「その名は調書の中に出てきましたね。しかし、確か加害者に見当はつかないと答えてたんじゃなかったかな」

「わたしも、そう記憶してるよ。特捜部長の話だと、美人弁護士が殺害されてから薬丸さんの様子がおかしくなったらしいんだ」

「おかしくなったとは、具体的にどういうことなんでしょう？」

「コンビを組んでる検事の指示通りに動いてるそうなんだが、薬丸さんはどこか上の空らしいんだ」

「親友が若死にしてしまったショックが尾を曳《ひ》いてて、なんとなく職務に身が入らないんでしょう」

「そうなのかな。もしかしたら、薬丸さんは親友を殺した犯人に実は心当たりがあって、密かに証拠集めをしてるんじゃないかと思ったんだよ。根拠があることじゃないんで、三原君には何も話してないんだが。加納君は、どう思う？」

「同期に殉職された刑事や検事が個人的に弔い捜査をして加害者を突きとめた事例は過去にありますが、薬丸さんは検察事務官でしょ？」

「そうだが、捜査のズブの素人ってわけじゃない。亡くなった鳥羽弁護士を早く成仏させてやりたいという気持ちが強ければ、薬丸さんが加害者を割り出すことも不可能じゃないだろう」

「ええ、そうでしょうね。薬丸さんは自分で弔い捜査をするつもりでいたんで、聞き込みには意図的《いとてき》に手がかりになるようなことは言わなかったんでしょうか」

「わたしは、そんな気がしたんだよ。捜査が難航するようだったら、一度、薬丸さんに接触してみてくれないか」

「わかりました」

「加納君、気を悪くしないでくれないか。別に、きみが頼りなくなったと思えてきたわけじゃないんだ」

「気分を害してなんかいませんよ。副総監がおっしゃったように、薬丸未樹は単独で親友殺しの犯人《ホシ》を突きとめようとしてるのかもしれません。そのため、気もそぞろで仕事に身が入らなくなったんでしょう」

「いつものように、加納君が真犯人《ホンボシ》を追いつめてくれることを期待してるよ」

堂が先に電話を切った。

加納は刑事用携帯電話を折り畳み、ランドローバーの運転席に入った。シフトレバーに手を掛けたとき、今度は三原刑事部長から電話がかかってきた。

「担当管理官の報告で、塾講師の荻典宏がアリバイ工作をした疑いが出てきたらしいんだよ」

「どういうことなんです？」

「二月五日の深夜、荻が教え子の高校生の女の子と歌舞伎町《かぶきちょう》のレンタルルームから出てくるところを目撃したという匿名情報が捜査本部に寄せられたんで、捜査班の連中がレンタルルームに向かったそうだ」

「その情報が事実なら、荻が美人弁護士を絞殺した疑いが濃くなってきましたね」

「濃くなった？」

「ええ。少し前に荻のアリバイの裏付《ウラ》け取りをしたんですが、中目黒の洋風居酒屋で荻と一緒に飲んでたという三人の友人の証言が揃って曖昧《あいまい》だったんですよ」

「新宿と事件現場は、そんなに離れていない。車を使えば、往復で四十分もかからないだろう。荻はレンタルルームに教え子を待たせて『代々木グランテラス』に行き、鳥羽深月を殺害し、急いでレンタルルームに舞い戻ったんだろうか」

「時間的には可能でしょうね」

「だよな。しかし、荻は事件当夜は学生時代の友人たち三人と中目黒の洋風居酒屋にいたと供述してる。教え子の女子高生にアリバイを立証してもらうわけにはいかない事情があったんだろう」

「密告通りなら、荻は教え子とレンタルルームで淫《みだ》らな行為に耽《ふけ》ってたのかもしれません。ラブホテル代わりにレンタルルームを利用するカップルがいるようですから」

「なるほど、そういうことか。学習塾の講師が教え子といかがわしい関係になっている事実を表沙汰にはできないんで、友人たちと中目黒で飲んでたって嘘をついたんだろうな」

「そう思われますね」

「鳥羽深月と荻典宏には接点がない。荻は被害者の元夫の杉江周平に頼まれて、先に交換殺人を遂行したんだろう」

「そうなんでしょうか」

加納は、杉江から聞き出したことを三原に伝えた。

「荻はクロっぽいな。杉江が荻に元妻の始末を依頼したと吐いてるんだから、塾講師を任意で引っ張るべきだろう」

「刑事部長、それはもう少し待ってくれませんか」

「なぜ、ためらうんだ？　荻は充分に怪しいじゃないか」

「ですが、杉江と荻の二人はストーカー規制法違反で書類送検されてます」

「そうだったな」

「荻は警察の目を気にするようになったはずです、検挙されてますんで」

「それはそうだろうな」

「おどおどしてる時期に交換殺人を実行する気になりますかね。そのうち、杉江に元恋人の本多春菜を消してほしいと願ってたとしても」

「荻はクロじゃないかもしれない？」

「ええ、多分ね」

「シロだったら、何もアリバイを偽装する必要はないと思うがな」

「事件当夜、レンタルルームで教え子と淫行に耽ってたことが世間に知れたら、荻はまずいことになります。教え子だって、困ったことになるでしょう」

「そうか、そうだろうね。荻は実際には鳥羽深月を殺してないのに、始末したと嘘をついて本多春菜を早く葬れとせっついた。ところが、杉江は怖気《おじけ》づいてしまった」

「ええ。だから、荻はこっそり録《と》った音声を脅迫材料にして杉江から計二百万円の金をせしめたんでしょう」

「そういうことか。匿名情報を寄せたのは誰なのか。加納君、それが謎《なぞ》だね。真犯人がミスリードしたんではないだろうか」

「そのあたりはまだ読めませんが、とにかく中目黒の洋風居酒屋に行ってみます」

「そうか」

「店主が荻と口裏を合わせたことを認めたら、『光進ゼミナール』の自由が丘校に回ります」

「そうしてくれないか」

刑事部長が電話を切った。

加納はランドローバーを走らせはじめた。幹線道路は早くも渋滞気味だった。目的の洋風居酒屋を探し当てたときは、午後六時を回っていた。

加納は路上にランドローバーを駐め、『トワイライト』に入った。スペイン風の内装の店は、客で賑わっていた。二、三十代の男女が目立つ。

　加納は若い男性従業員に声をかけ、店主に面会を求めた。

「失礼ですけど、おたくさまは？」

「警視庁の刑事なんだ。ある客が殺人事件に関与しているかもしれないんで、確認させてほしいことがあるんだよ」

「わ、わかりました」

「店の前で待ってるから」

「はい！」

　相手が緊張した顔つきで奥に向かった。加納は表に出た。

　二分ほど待つと、四十四歳の店主が姿を見せた。伏見だ。小太りだった。

　加納は警察手帳を呈示すると、すぐに本題に入った。

「ストレートに言います。二月五日の夜、塾講師の荻典宏は店に来てないんでしょ？　学生時代の友人三人と夜更けまで飲んでたと本人は言ってますが……」

「来てましたよ」

「刑事に嘘をつくのはよくないな。正直に答えてほしいんですよ」

「すみません！　その晩は、荻さん、見えませんでした。学習塾の教え子と新宿でデートしてることが親にバレるとまずいんで、その時間は店にいたことにしてほしいと泣きつかれたんですよ。彼は古くからの常連さんだったんで、断れなかったんです。ごめんなさい。どうか穏便《おんびん》に願います」

伏見が体を二つに折った。

「荻は何人もの教え子に手をつけたんだろうか」

「いいえ、家弓綾乃《かゆみあやの》って高二の娘《こ》だけだと思います。キュートな娘で、荻さんは中一のころから特別にかわいがってましたね。手をつけたのは、高校に入ってからだと思います」

「その娘を店に連れてきたことは？」

「中学生のころは、よく連れてきましたね。でも、高校生になってからはあまり来なくなりました。そのころ、二人は渋谷のラブホテルに通ってたようです」

「そう」

「でも、綾乃ちゃんの父親が雇った調査員に二人の関係を知られてからは新宿のレンタルルームで密会するようになったんですよ。問題の晩も、荻さんは綾乃ちゃんと新宿のレンタルルームで密会してたはずです」

「そうですか。ご協力、ありがとうございます」

加納は伏見に礼を言って、ランドローバーに歩み寄った。捜査本部に匿名情報を寄せたのは、家弓綾乃の父親なのかもしれない。それとも、女弁護士を殺害した犯人なのか。

特別仕様の覆面パトカーで、自由が丘に向かう。『光進ゼミナール』の自由が丘校は駅前ロータリーに面した貸ビルの二階と三階を使っていた。

加納は車を有料立体駐車場に預け、荻の職場を訪れた。事務局で身分を伝え、女性スタッフに講師控室に案内してもらう。

廊下に現われた荻は顔面蒼白だった。唇まで震わせていた。

「そっちが鳥羽深月を絞殺したとは思っちゃいないよ。アリバイを偽装した理由は、教え子との秘密デートを親御さんに知られたくなかったからだなっ」

「そ、そうなんです。ぼくは杉江周平に元妻の鳥羽深月を殺してくれと頼まれてましたが、女弁護士を絞殺なんてしてません。杉江と交換ストーカー行為はしましたけど、人殺しなんかしていない。本当なんです」

「そのことは信じてやろう。杉江の弱みにつけ込んで、総額で二百万をせしめたことは素直に認めるな?」

「は、はい」

「手をつけた教え子にブランド物のバッグや装身具をプレゼントしたかったのか?」

加納は訊いた。

「違うんです。ぼくは、杉江から駆け落ち資金を出させる気だったんですよ」

「家弓綾乃って高校生と駆け落ちする気だったたって⁉」

「ええ。綾乃はまだ高校生ですけど、ぼくには〝運命の女〟なんです。ぼくらの関係が彼女の両親に知られてしまったので、仲を引き裂かれるのは時間の問題でしょう。それだから、ぼくらは駆け落ちすることに決めたんですよ。綾乃は、もう一人前のレディーです。女の悦《よろこ》びも知ってるんです」

「罪深い奴だな、小娘を誑《たぶら》かすなんて」

「ぼくは綾乃を誑かしたわけじゃない。年の差を乗り越えて、愛を成就《じょうじゅ》させようとしてるんです」

「中学生や高校生ばかりと接してるんで、そっちの精神年齢は若返っちまったんだろうな。いい大人がやることじゃないぜ」

「人の恋路《こいじ》の邪魔をしないでくれ」

「そっちは駆け落ちなんてできない。恐喝罪は立件されるはずだからな」

「綾乃と離れ離れにならなければならないなら、いっそ死んでしまいたい。刑事さん、ぼくを殺してください」

「甘ったれるな！」

「絶望だーっ」

荻が頽《くずお》れた。加納は冷笑し、肩を竦《すく》めた。

4

運がいい。

一台分の空きスペースがあった。加納は、車道にランドローバーを駐めた。霞《かすみ》が関《せき》にある検察庁合同庁舎前だ。

荻典宏を三原刑事部長の直属の捜査員に引き渡した翌日の午後二時過ぎである。学習塾講師は午前中に本部事件では潔白であることが明らかになると、身柄を目黒の碑文谷署《ひもんやしょ》に移送された。

荻は、杉江から二百万円を脅し取った容疑で本格的な取り調べを受けているだろう。被害者である杉江も事情聴取されただろう。

杉江と荻の二人が美人弁護士殺害事件に関与していないことは確認できた。捜査本部の調べに手落ちはなかったわけだ。

加納は事件を解く緒《いとぐち》を見つけなければならなかった。そこで、被害者と親しかった検察事務官の薬丸未樹に会ってみることにしたのである。未樹は被害者と同《おな》い年だ。

加納は合同庁舎の表玄関に回った。

庁舎には、東京区検、東京地検、東京高検、最高検の四つが同居している。一階は事務部門のオフィスになっていて、二階は東京区検のフロアだ。三〜五階に東京地検、六階に東京高検がある。七、八階は最高検が使用している。東京地検特捜部は四、五階を占めていた。五階の検事調べ室には、よく通ったものだ。特捜部は九段《くだん》の分庁舎も使っている。

知り合いの検事も少なくない。馴染みのある捜査機関だが、勝手にエレベーターに乗り込むわけにはいかない。

加納は受付に歩《ほ》を進めた。男性職員に警察手帳を呈示し、薬丸未樹との面会を求める。職員が内線電話をかけた。被害者の親友は職場にいた。

加納はエントランスホールで未樹を待った。

待つほどもなく検察事務官がやってきた。ベージュのパンツスーツ姿の未樹は、公務員らしくなかった。くだけた印象で、器量も悪くない。

二人は自己紹介し合った。

「加納さんは以前、捜査一課の管理官をなさってたんですよね。お目にかかるのは初めてですけど、あなたのお噂は聞いてます」

「そう。よくない噂が流れてるんだろうな。酒と女に目がない無頼派だとか何とかね」

「ええ、まあ。でも、現場好きのキャリアで敏腕だと……」

「一年四カ月前に暴力沙汰を起こして、いまは浪人みたいなもんなんだ。いろんな事件の支援捜査をやってるんですよ」

「そうなんですか」

「実は二月五日に発生した事件がもう三期に入ってるのに未《いま》だに容疑者の絞り込みもできてないんで、上から手伝えって言われたんだ。薬丸さんは、被害者の鳥羽深月さんとは親しくしてたようですね？」

「深月とは、高校と大学が一緒だったんです。わたしも弁護士志望だったの。でも、司法試験に二度チャレンジしたんですけど、夢は叶《かな》いませんでした」

「で、いまの仕事に就いたわけか」

「そうなんです。深月に差をつけられちゃったわけですけど、わたしたち、ずっと仲良くしてたんですよ。まさか彼女が殺されることになるなんて……」

　未樹が下唇を嚙んで、下を向いた。

「初動の聞き込みの際、薬丸さんは加害者に心当たりはないと答えてますね？　関係調書には一応、目を通してきたんだ」

「そうですか。深月は誰に対しても優しく接していました。でも、裁判のことになると、刑事でも民事でも不正に対しては少しも手加減しなかったですね」

「捜査本部は当初、裁判で負けた人間が鳥羽さんを逆恨みして凶行に及んだんではないかという見方をしたようです。しかし、不審な人物はいなかった」

「そうみたいですね」

「薬丸さんは、鳥羽さんと別れた杉江さんとは何度も会ったことがあるんでしょ？」

「ええ。三人で数え切れないほど食事をしました。深月は杉江さんに尽くしてたんですけど、ご主人は浮気をしてしまった。深月は潔癖な性格だから、杉江さんのことが赦《ゆる》せなかったんでしょうね」

「元夫は未練を断ち切れなくて、鳥羽さんに復縁をしつこく迫っていた。だが、受け入れられなかったんで……」

「杉江さんは、ストーカー規制法違反で書類送検されたんでしたね。彼は深月とやり直したかったんでしょうけど、もう遅いわ。杉江さんは、わたしに深月をなんとか説得してくれないかと頼み込んできたんですよ。でも、断りました。深月は、もう愛情がすっかり冷めてましたんでね」

「いったん壊れた男女の仲は、そう簡単には元に戻せないからな」

「ええ。杉江さんは、男らしく諦めればよかったのに」

「そうだね」

加納は同調した。

「杉江さんは深月に未練はあったんだろうけど、彼女から別れ話を切り出されたことでプライドを著《いちじる》しく傷つけられたんでしょう。自分の浮気が破局を招いたのに、ずいぶん身勝手な話ですけどね」

「その通りだな」

「愛《いと》しさが憎しみに変わったんでしょうけど、交換ストーカーをネットの闇サイトで見つけるなんて……」

未樹が慌てて口を閉じた。悔やむ顔つきだった。杉江が学習塾講師の荻と交換ストーキング行為をしていたことはマスコミでは報道されていない。

未樹が個人的に美人弁護士殺害事件を調べていたことは間違いなさそうだ。どこまで真相に迫りつつあるのか。

「被害者の元夫はストーカー規制法に引っかかった後も、第三者を使って鳥羽深月さんに厭がらせをさせてたのか」

加納は空とぼけて驚いてみせた。

「よく知らないけど、そうだったみたいですよ」

「その話の情報源《ネタモト》は？」

「知り合いの警察《サツ》回りの記者から聞いたんです」

「どの社の新聞《ブンヤ》記者からの情報なのかな？」

「ニュースソースは言えないわ。ごめんなさい」

　未樹は明らかに狼狽していた。彼女自身が密かに動き回って、警察関係者から交換ストーキングの件を聞き出したにちがいない。

「杉江周平がネットの復讐サイトか何かで自分の交換ストーカーを見つけたんだとしたら、そいつに鳥羽さんを殺させたとも考えられるな」

「あっ、そうですね。知り合いの新聞記者は杉江さんの代わりに深月につきまとっていた男が学習塾の講師だってこと以外は教えてくれなかったんです」

「そう。杉江周平は交換ストーカーが快く思ってない女性を尾行して、恐怖心を煽《あお》ってたんだろうな。単に交換ストーキングをするだけではなく、二人の男は交換殺人まで約束していたとも考えられるね」

「そうなら、杉江さんが見つけた塾講師が深月を殺したんでしょうか。そして、杉江さんも交換ストーカーが恨んでいる女性を亡き者にしたのかしら？」

「交換殺人なら、加害者と被害者に接点がないわけだから……」

「犯行は発覚しにくいですよね。加納さん、杉江さんが裏《ウラ》ネットで交換ストーカーを見つけたかどうか裏付けを取るべきなんじゃありません？」

「そうだね。杉江周平が交換ストーカーに被害者を絞殺させたとも考えられるからな」

「ええ。わたし、ペアを組んでいる検事と間もなく東京地裁の小法廷に行かなきゃならないんですよ」

「公判があるんだね？」

「そうなんですよ」

「忙しいのに、悪かったね。ありがとう」

加納は片手を挙げた。未樹が一礼し、エレベーターホールに向かった。

加納はランドローバーに乗り込み、検察庁合同庁舎からいったん離れた。車を道路の向こう側に移し、路肩に寄せる。合同庁舎の出入口が見渡せる場所だった。

加納は刑事用《ポリスモード》携帯電話を懐から取り出し、堂副総監に連絡を取った。少し待つと、通話状態になった。

「副総監の勘は当たっていたようです。検察事務官の薬丸未樹は、捜査本部事件を非公式に調べているようです」

「やっぱり、弔い捜査をしていたか。後輩の特捜部長は、さすがだな。部下のちょっとした異変を察知したんだからね」

「ええ、たいしたもんです。出世欲の強い部長なら、次席検事や検事正の顔色をうかがうことに忙しくて、ろくに部下たちのことなんか気にかけないでしょうから」

「そうだろうね。わたしの後輩は優秀な男だが、上昇志向の塊《かたまり》じゃない。ところで、薬丸検察事務官から何か手がかりを得られたのかな？」

「いいえ。ですんで、少し薬丸未樹の動きを探ってみようと思ってるんですよ」

「そうか。わたしのことは伏せといて、被害者の親友が密かに弔い捜査をしてるようだってことを三原刑事部長に報告しといてくれないか」

「それでいいんですか？」

「ああ、いいんだ。三原君が窓口になっているんだから、わたしのことは内緒にしといてほしいんだよ。彼の立場もあるじゃないか」

「わかりました」

「それじゃ、頼むよ」

堂副総監の声が途切れた。加納はいったん終了キーを押し、三原刑事部長に電話で経過を伝えた。

「杉江と荻が交換ストーキングをしていたことは報道関係者に発表していない事柄だから、薬丸未樹が個人的に鳥羽弁護士の事件を調べていたことは確かだろう」

「ええ」

「あっ、もしかしたら……」

「何か思い当たったんですか？」

「ああ。二月五日の夜、荻典宏が教え子の女子高生と新宿のレンタルルームから出てくるのを見たという匿名情報を捜査本部に寄せたのは薬丸未樹かもしれないと思ったんだよ。密告電話の主はボイス・チェンジャーを使っていて、性別もはっきりしなかったらしいからね」

「そうだったのかもしれません。匿名情報を寄せたのが薬丸未樹だとしたら、彼女は荻が杉江に頼まれて交換殺人に及んだと推測したんでしょう。歌舞伎町と深月の自宅マンションは割に近いから、犯行時間を含めて一時間ちょっとで往復できます。荻の供述の裏付けは取ってませんが……」

「そうだね。しかし、荻は本事案ではシロだとわかった」

「ええ。荻が供述した通り、教え子の家弓綾乃とレンタルルームで密会してることを隠したくて、中目黒の洋風居酒屋で学生時代の友人たちと飲んでたと嘘をついたんでしょう」

「十八歳以下の子と淫《みだ》らな関係にあることが発覚したら、荻は職を失って綾乃とも引き裂かれてしまう。それだから、紛《まぎ》らわしい嘘をついたんだろうな」

「そうなんでしょう。そのせいで、こっちは遠回りさせられたわけです。薬丸未樹も荻が親友を殺したと疑ってたようですから、がっかりすると思いますよ」

「そうだろうね。その後、薬丸未樹が何か手がかりを摑んでくれてるといいんだがな。どっちにしろ、単独で弔い捜査をするのは危険すぎる。加納君、薬丸未樹をうまく説得してくれよな」

三原が先に電話を切った。

加納はポリスモードを上着の内ポケットに戻した。それから間もなく、未樹が四十年配の男と一緒に合同庁舎から出てきた。連れは、彼女とコンビを組んでいる検事だろう。

二人は、近くにある東京地方裁判所に向かった。加納はランドローバーを発進させ、低速で未樹たちを追尾した。

ほどなく二人は、地裁の建物の中に消えた。実際、小法廷で公判があるようだ。加納は、車を東京地裁の近くのガードレールに寄せた。

薬丸未樹が表に出てきたのは午後四時半過ぎだった。連れの検事と思われる男とは一緒ではなかった。未樹だけが先に職場に戻ることになったのだろう。

加納は、そう思った。

だが、読みは外れた。未樹は車道に走り寄ると、通りかかったタクシーを拾った。グリーンとオレンジに塗り分けられた車だった。かなり目立つ。見失うことはないだろう。

加納は、未樹を乗せたタクシーを追尾しはじめた。間に二、三台の車を挟みつつ、慎重に尾ける。

タクシーが横づけされたのは、銀座一丁目にある白っぽい外壁のビルだった。八階建てのビルで、それほど大きくはない。

未樹はタクシーを降りると、そのビルの中に入っていった。

加納は車をガードレールに寄せ、すぐさま運転席を離れた。未樹が消えたビルに接近する。

彼女の後ろ姿が、エレベーターの函《ケージ》の扉で隠された。加納はビルの中に足を踏み入れ、エレベーターホールまで歩いた。

立ち止まって、階数表示盤を見上げる。ランプは五階で静止した。

加納はエレベーターで五階に上がった。エレベーターホールにも通路にも人影は見当たらない。未樹は、どの事務所に入ったのか。

加納はテナントプレートに目をやった。

五階には、公認会計士事務所、弁理士事務所、建築設計事務所、調査会社しか入居していない。未樹は調査会社を訪ねたのではないか。

加納はそう見当をつけて、通路からは死角になる場所に身を潜めた。時々、顔を突き出して通路をうかがう。

十数分後、未樹が『東都リサーチ』という調査会社から出てきた。社名入りの書類袋を胸に抱えている。中身は調査報告書だろう。

鳥羽深月に関する調査報告書なのかもしれない。そうだとしたら、深月の個人的な調査の依頼だったと思われる。考えられるのは異性の素行調査か。

殺された美人弁護士は離婚後、親友の未樹にも内緒でどこかの男性と交際しはじめていたのだろうか。捜査本部は被害者の交友関係を洗ったはずだが、刑事部長に渡された資料には特定の恋人はいないと書かれていた。

だが、実際には深月には交際相手がいたのかもしれない。離婚歴こそあるが、被害者は魅力的な弁護士だった。周囲の男たちがほうっておかないだろう。

薬丸未樹はそれを感じ取っていて、親友の交際相手を調べさせたのだろうか。だとしたら、彼女はその男を怪しんでいるのかもしれない。

未樹がエレベーターホールで立ち止まった。

加納は物陰から出た。未樹が驚きの声を洩らし、抱えていた書類袋を落としそうになった。

「わたしを尾けてたんですね？」

「そうさせてもらった」

「なんだって、そんなことをしたんです⁉」

「きみは密かに単独で、親友を殺した犯人《ホシ》を突きとめようとしているね。図星だろ？」

「ち、違いますよ」

「隠さなくてもいいんだ。被害者には、交際してる男がいたんじゃないの？　きみは、『東都リサーチ』にそいつのことを調べさせたんじゃないのか？」

加納は訊いた。すると、未樹が高く笑った。

「見当外れだったか」

「ええ。わたし、友人の紹介である男性とつき合いはじめてるんですよ。でも、なんとなく昔の彼女と完全には切れてないように感じられたんで、ちょっと素行調査をしてもらったんです」

「で、どうだったのかな」

「わたしの思い過ごしでした。元カノとはまったく会ってないとのことでしたね。安心しました」

「きみの目が落ち着かなくなってる。本当は、鳥羽深月さんの男性関係を『東都リサーチ』に調べてもらったんでしょ？　その中に犯人がいるかもしれないと思ったんじゃないのかい？」

「わたしに犯人捜しなんかできませんよ。ただの検察事務官に刑事の真似なんかできっこないでしょ？　誤解ですよ」

「そうなのかな」

「個人的な気持ちとしては休暇を取って、犯人捜しをしてやりたいですよ。だけど、わたしにそれだけの能力はありません」

「調査報告書をちらりと見せてもらえないだろうか。ほんの数行、読ませてくれるだけでいいんだ」

加納は頼んだ。

「お断りします」

「どうしても駄目？」

「ええ、調査対象者のプライバシーの侵害になりますから」

「そうなんだが、そこを何とか……」

「困ります。わたし、失礼しますね」

未樹が下降ボタンを押し、じきに函《ケージ》に乗り込んだ。エレベーターが下りはじめた。

加納は『東都リサーチ』に協力を求める気になった。入室し、応対に現われた女性事務員に警察手帳を見せる。

「所長に取り次いでもらえませんか」

「あいにく外出してるんですよ。ご用件をお聞かせください」

「さきほど帰られた依頼人は、薬丸未樹さんですよね？」

「ええ」

「彼女の依頼した件の調査報告書を見せていただきたいんですよ」

「それはできません。わたしたちには、守秘義務がありますんでね。薬丸さんが事件に関わってるんですか？」

「いいえ、そうではありません」

「それでしたら、絶対に調査報告書はお見せできません。ええ、規則ですんでね」

相手が、にべもなく言った。

加納は肩を竦《すく》め、『東都リサーチ』を出た。こっそり検察事務官の動きを探るほかなさそうだ。

加納はエレベーターホールに向かって歩きだした。

第三章　正体不明の妖婦

1

尾行に気づかれたのか。

加納は反射的にランドローバーの速度を落とした。港区白金台《みなとくしろかねだい》の閑静な住宅街である。

午後七時過ぎだった。

追尾していたピンクのヴィッツが急にハザードランプを灯《とも》し、ガードレールに寄ったのだ。運転者は薬丸未樹だった。

加納は『東都リサーチ』から検察庁合同庁舎に戻り、未樹が退庁するのを待った。彼女が姿を見せたのは午後五時半過ぎだった。

何か急いでいる様子に見えた。未樹はタクシーで中央区《ちゅうおうく》内にある官舎に戻り、ほどなく駐車場に置いてあるピンクの小型車に乗り込んだ。マイカーだろう。

行き先の見当はつかなかった。加納はヴィッツを抜き去り、車を四、五十メートル先の路肩《ろかた》に寄せた。変装用の黒縁眼鏡をかけ、前髪を額に垂らす。

美人弁護士の親友が弔い捜査をしていることは、ほぼ間違いない。未樹は、これから何をしようとしているのか。

数分後、ヴィッツがランドローバーの脇を走り抜けていった。未樹は、追い抜くときに少しもスピードを緩《ゆる》めなかった。どうやら尾行されていることには気づいていないようだ。

加納は、ふたたび車を走らせはじめた。充分な車間距離をとって、ヴィッツを追う。

未樹の車は百数十メートル先の邸宅の生垣《いけがき》の際《きわ》に停まった。すぐにヘッドライトが消された。加納は、ヴィッツの数十メートル後方に車を停止させた。豪邸の石塀の横だった。ライトを消し、エンジンも切る。

未樹がヴィッツの運転席から出た。あたりを見回してから、一際《ひときわ》目立つ邸宅に近づく。

未樹は門扉《もんぴ》と生垣の隙間《すきま》から邸内を覗き込むと、小型自動車の中に戻った。

邸宅の主《あるじ》が鳥羽深月の事件に絡んでいるのか。あるいは、邸《やしき》に出入りしている者が美人弁護士殺しに関与しているのだろうか。

加納はエンジンを始動させ、ランドローバーを走らせはじめた。ヴィッツを追い越しざま、生垣のある邸宅の表札を素早く見る。

門脇《かどわき》という苗字《みょうじ》が掲《かか》げられていた。加納はアクセルを踏み込んだ。大きく迂回《うかい》して、元の場所にランドローバーを駐める。

加納は三原刑事部長に電話をかけた。

スリーコールの途中で電話は繋《つな》がった。

「刑事部長、直属の部下の方にある人物の個人情報を調べていただきたいんです。港区白金台在住の門脇なんですが……」

「わかった。すぐに調べさせて、コールバックしよう。どういう経緯があって、その人物のことを調べる気になったのかな？」

「薬丸未樹が門脇宅の斜め前で張り込んでるんですよ」

加納は詳しいことを喋って、通話を切り上げた。

三原からコールバックがあったのは、およそ二十分後だった。

「門脇達朗《たつろう》は七十八歳で、大手海運会社の元副社長だ。いまは相談役を務めている。現在、独り暮らしだね。四年前に連れ合いを亡くしてるんだ。国際的なピアニストだったたひとり娘は、六年前に公演先のドイツで客死してる。交通事故だったようだ。享年三十八だった。まだ独身だったんで、孫はいない」

「門脇の兄弟は？」

「八つ違いの兄がいるんだが、何十年も前から疎遠《そえん》になっている。義姉や甥《おい》、姪《めい》は健在なんだが、つき合いはないみたいだね。兄弟の間に何か確執《かくしつ》があったんだろう」

「そうなんでしょうね」

「門脇は山口県の貧しい家庭に生まれ、兄の仕送りで大学の船舶工学科を出て全日本郵船に入ったんだ。そして、順調に出世した。学歴のない兄は家具職人として働き、母と弟の面倒を見てきたらしい。それで、四十になったときに独立して家具製造会社を興《おこ》したんだが、九年後に倒産してしまった」

「そうですか」

「そのとき、兄は大きな負債を抱えたんだが、弟の達朗はなんの援助もしなかったみたいだな。そんなことで、兄弟の仲は悪くなったんだろう」

「奥さんの身内とも、つき合いがないんでしょうか？」

「そうみたいだね。死んだ奥さんは良家の子女で親兄弟の反対を押し切って、門脇達朗と一緒になった。そんなわけで、親類づき合いはしてなかったようだ」

「門脇は立身出世したわけですが、家庭的にはあまり幸せじゃなかったんだろうな。家事なんかはどうしてるんでしょう？　自分でこなしてるのかな」

「家事は、通いの家政婦さんに任せている。日常生活に不便はないんだろうが、友人も多くないようだから、孤独感は覚えてるんじゃないだろうか」

「でしょうね」

加納は相槌《あいづち》を打った。

「大手海運会社の元副社長と鳥羽深月とは何の接点もないはずなんだが、どうして薬丸未樹は門脇宅に張りついているのかね。それがわからないな」

「そうですね。通いの家政婦はいくつぐらいなんです？」

「家政婦については部下に調べさせなかったんだが、五十代だろうね。四十代の後半かもしれないな」

「八十近い男から見たら、その年代の女性は恋愛対象になりそうだな。単なる想像ですが、独り暮らしの侘《わび》しさから門脇は通いの家政婦に手を出したんではありませんか」

「もう七十八歳の後期高齢者だぞ。門脇は、とうに枯れてるんじゃないのか」

「わかりませんよ。昔と違って、いまの六、七十代は若々しいですからね。バイアグラの類《たぐい》の力を借りなくても、まだナニのできる男たちはいるはずです」

「そうだろうか」

「雇い主に力ずくで犯された家政婦が示談金《じだんきん》を得たくて、個人的に鳥羽深月に相談したとは考えられませんか。正義感の強い美人弁護士は門脇に誠意を示さなければ、強姦（現・強制性交等）罪で告訴するとでも強く出たのかもしれませんよ」

「高圧的な出方に腹を立てた門脇達朗が誰かに美人弁護士を始末させた。加納君は、そんなストーリーを組み立てたんだな？」

「まったく考えられないことじゃないと思うんです」

「出世欲の強い人間は臆病《おくびょう》で、世間の目を気にする。独居老人が強姦容疑で逮捕されたら、世間体が悪い。仮に鳥羽深月が強く出てきても、門脇は和解に持ち込みたいはずだよ。不名誉になることは避けたいだろうし、金に困ってるわけじゃない」

「こっちの読み筋は、あまりに通俗的でしたかね」

「女好きの加納君らしい発想で、話としては興味深かったよ。しかし、その推測にはうなずけないな。薬丸未樹をマークしていれば、何かが見えてくるだろう。大変だろうが、根気よく粘ってみてくれないか」

三原が通話を切り上げた。

三十分が流れ、一時間が過ぎた。

門脇邸から一組の男女が姿を見せたのは、九時十分ごろだった。男は七十七、八歳で、白髪だ。門脇だろう。紳士然としている。

女は三十代前半と思われる。妖艶《ようえん》だった。肉感的な肢体で、服装は派手だ。通いの家政婦ではないだろう。

門脇は、昔馴染みのホステスを自宅に招いたのか。愉《たの》しげに笑っていた。二人は父と娘のように寄り添い、こちらにゆっくりと歩いてくる。

加納はパワーウインドーを下げた。

その直後、ヴィッツの運転席から未樹が出た。彼女は道路の反対側に走り、門脇らしい老人と色っぽい女の後を尾けはじめた。

加納はステアリングを抱き込み、寝た振りをした。そうしながら、耳に神経を集める。

「表通りのワインバー、門脇のお父さんは気に入ってるのね」

「ああ、好きだよ。いいワインを揃えてあるからね。でも、独り酒はうまくない。今夜は亜由《あゆ》ちゃんが一緒だから、ワインがうまいだろうな」

「わたしもお父さんと一緒だから、心地よく酔えそう」

「酔ったら、泊まっていけばいいさ」

「悪いお父さんね。また、わたしに規則を破らせるの？」

「午後十時に帰ったことにしておくよ」

「お父さんに誘われたら、わたし、自分のマンションに帰りたくなくなっちゃうわ。わたし、ファザコンだから、同世代の男性では物足りないの。お父さんのこと、大好きよ」

「嬉しいことを言ってくれるね。わたしも、亜由ちゃんのことは大好きだ」

「ありがとう。お父さんのこと、ずっとずっと大切にするわ」

「亜由ちゃん、こないだのこと、真面目に考えてくれたかな」

「養子縁組のことね」

「そう。わたしは本気なんだ」

「お父さんがわたしを養女にしてくれるという話はありがたいと思う。でもね、財産目当てで養女になったと世間の人たちは見るに決まってる。わたしは打算で、お父さんの家に通ってるわけじゃないの」

「わかってる、わかってるよ。亜由ちゃんは実に気立てがよくて、損得なんて考えちゃいない。純粋にわたしの寂しさを埋めに来てくれてる。それがありがたいんだよ」

「わたしのほうこそ、どれだけお父さんに心を癒《い》やされたか。こちらがお礼を言いたいぐらいよ」

「なんていい娘《こ》なんだ。わたしが十歳若かったら、亜由ちゃんと再婚したいんだが……」

「お父さんは、まだ若いわ。心も体もね。うふふ」

亜由がなまめかしく笑って、門脇と腕を絡めた。門脇が亜由のくびれたウエストに手を回す。

二人は身を寄せ合いながら、表通りに向かった。加納は顔を上げて、窓の外を見た。

未樹が足音を殺しながら、奇妙なカップルを追尾していく。亜由という謎めいた女は、門脇とどういう関係なのか。

加納はそう考えながら、そっとランドローバーを降りた。道路の反対側に寄り、未樹の後ろを歩く。

門脇と亜由は表通りに達しかけていた。二人が左に曲がると、未樹が小走りになった。

加納は歩幅を大きくした。表通りに出ると、洒落《しゃれ》た店構えのレストラン、カフェ、ワインバーなどが飛び飛びに並んでいた。

未樹は『モンマルトル』という店名のワインバーの手前にたたずんでいた。門脇たち二人の姿は目に留《と》まらない。すでにワインバーに入ったようだ。

未樹が短くためらってから、『モンマルトル』の客になった。

加納は舗道の端で、ゆったりと紫煙をくゆらせた。通行人を装って、ワインバーの前を抜ける。嵌《は》め殺しのガラス越しに店内が見えた。

門脇と亜由は、中ほどのテーブル席で向かい合っていた。その近くのカウンターに落ち着いた薬丸未樹は、メニューを覗き込んでいる。ノンアルコールの飲みものを選んでいるのだろう。

店内はそれほど広くなかった。ワインバーの客になりすますのは賢明ではなさそうだ。加納は『モンマルトル』の前を三往復すると、ランドローバーの中に戻った。

門脇は、亜由を単に娘のように慈《いつく》しんでいるのではない気がする。異性として接していることは、二人の遣り取りから感じ取れた。すでに男女の関係にまで進んでいるのかもしれない。

正体不明の妖しい女は、何を目当てに門脇の歓心を買っているのか。遺産が狙いなら、喜んで門脇の養女か後妻になりそうなものだ。しかし、その誘いには積極的になっていない。むしろ、養女や後添いになることにためらいすら感じているようだ。

亜由という女は上手に駆け引きして、戸籍を汚さずに門脇から大金を引き出そうと企んでいるのだろうか。

三十二、三歳の女が、八十歳近い男に本気でのぼせたとは思えなかった。徐々に後妻になる気があると仄《ほの》めかし、門脇から預金や有価証券を詐取《さしゅ》する計画を秘めているのではないか。

成功者の多くは、他人を容易には信じない。他人の甘言や煽《おだ》てに乗らなかったから、富や名声を得られたのだろう。

しかし、老境の寂寞感《せきばくかん》は耐えがたいのではなかろうか。まして家族がいない場合は淋《さび》しさと虚《むな》しさに打ちひしがれるだろう。他人のちょっとした思い遣りや優しさに触れると、つい無防備になってしまうのではないか。

昔から老齢者を騙す犯罪が後を絶たない。亜由という色っぽい三十女は、おそらく何か悪謀を抱えているのだろう。

二月五日に殺害された美人弁護士は何らかのきっかけで、亜由が孤独な男性高齢者たちを喰いものにしていることを知ったのではないか。鳥羽深月の親友が謎の女をマークしているのは、そういうことなのだろう。

加納はそこまで推測し、結論を急ぎたがっている自分を戒《いまし》めた。捜査本部事件の被害者は門脇の犯罪か不正を暴《あば》きかけて、命を落としてしまった可能性も否定はできない。

「予断は禁物だ」

加納は声に出して呟《つぶや》き、背凭《せもた》れに上体を預けた。煙草を吹かして、時間を遣り過ごす。

門脇が亜由と一緒に戻ってきたのは、十一時二十分ごろだった。

二人は門脇邸の近くの暗がりで立ち止まり、唇を重ねた。門脇がせっかちに亜由を抱き寄せ、くちづけを求めたのだ。

亜由は唇を吸われ、豊満なバストをまさぐられた。ヒップを撫《な》でられても、彼女は少しも抗《あらが》わなかった。それどころか、門脇の股間を大胆にまさぐりつづけた。馴《な》れた手つきだった。

加納は視線をずらした。未樹は少し離れた場所で、門脇たち二人を眺めていた。

濃厚なキスが終わった。

門脇は亜由と手を繋いで自宅の敷地に入っていった。未樹が門脇邸の生垣を両手で掻き分け、内庭をうかがいはじめた。

十数秒後、闇が揺れた。

黒いスポーツキャップを被った男が未樹の背後に回り込み、カーキ色のパーカの右ポケットからバンド状の物を引っ張り出した。それは、結束バンドだった。

男は後ろから未樹の首に結束バンドを掛けると、両手で引き絞った。未樹が短く呻き、反り身になった。

加納はランドローバーを降りた。スポーツキャップの男が小さく振り返り、慌てて結束バンドを未樹の首から外した。

未樹が膝から頽《くずお》れて、引き攣《つ》った顔で暴漢を見上げた。

「深月を革紐で絞め殺したのは、あんたなんじゃないのっ」

「え？」

「白状しなさいよ。あんたは、わたしを殺そうとしたんでしょ？　手口が似てるから、二月の事件はあんたの仕業《しわざ》臭いわね」

「おれは、おまえをちょっとビビらせようと思っただけだ。誰も殺しちゃいねえよ」

スポーツキャップの男は未樹に言って、勢いよく地を蹴った。すぐに脇道に走り入る。

「警察だ。逃げると、罪が重くなるぞ」

加納は追った。

男は懸命に逃げている。加納は疾駆《しっく》しながら、腰から三段振り出し式の特殊警棒を引き抜いた。スイッチボタンを押す。警棒が勢いよく伸びた。

加納は走りながら、逃げる男の下半身をめがけて特殊警棒を投げ放った。

男が足を縺《もつ》れさせて、前のめりに倒れた。転倒した瞬間、長く呻いた。肘を強く打ちつけたようだ。スポーツキャップは脱げ落ちていた。

加納は男に走り寄るなり、脇腹に蹴りを入れた。男が手脚《てあし》を縮めて、高く低く唸った。

加納は特殊警棒を拾い上げ、手早く縮めた。腰に戻し、ペンライトを点《つ》ける。男は二十三、四歳だった。

加納は男の所持品を検《しら》べた。運転免許証で、身許は割れた。米倉尚之《よねくらなおゆき》という名で、二十三歳だった。現住所は渋谷区恵比寿《えびす》三丁目だ。

「おまえの職業は？」

「フリーターだよ。派遣で、いろんな仕事をしてるんだ。おたく、本当に刑事なの？」

「そうだ。警察手帳を見るか？」

「別にいいよ。おれ、さっきの女を殺す気なんかなかったんだ。『モンマルトル』って近くのワインバーで飲んでたらさ、中年の男が話しかけてきたんだよ。門脇邸の様子をうかがってる女がいたら、ちょっと首を絞めてやれって結束バンドを渡されたんだ。謝礼の五万を前金で貰っちゃったんで、無視《シカト》こくわけにいかなくなったんだよ。嘘じゃないって。おれの話、信じてくれないか」

「その中年男のことをもっと詳しく教えてくれ」

「そう言われても、特徴もなかったんだよな。薄茶のサングラスをかけてたよ。四十代か五十代だろうね。その男はおれの近くでシェリー酒を飲んでたんだ。そういえば、さっきの女もワインバーのカウンターにいたよ。ソフトドリンクを二杯も飲んでたんで、変な女だと思ってたんだ。彼女、何者なの？」

米倉が問いかけてきた。

「おまえにゃ、関係ないだろうが！」

「そうだけどさ。やっぱ、気になるじゃないの。それはそうと、おれ、逮捕されちゃうわけ？」

「雑魚《ざこ》を検挙《アゲ》ても仕方がない。きょうは大目に見てやろう。ただし、嘘をついてたら、手錠《ワッパ》打つことになるぞ。米倉、おまえの名と現住所は頭に刻みつけたからな」

加納はペンライトを消し、車を駐めた通りに戻った。

未樹のヴィッツは見当たらなかった。しばらく門脇宅の近くで張り込んで、亜由が出てくるのを待ってみることにした。

加納はランドローバーに駆け寄った。

2

瞼《まぶた》が重くなった。

加納は首を振って、眠気を払った。

間もなく午前四時になる。亜由は、まだ門脇宅から出てこない。

張り込みは徒労に終わるのか。そう思ったとき、門脇宅の車庫のオートシャッターが巻き上げられた。ガウン姿の門脇が車庫から現われ、車を誘導しはじめた。

真紅のアルファロメオが滑り出てきた。イタリア車を運転しているのは亜由だった。門脇が亜由に視線を送りながら、投げキッスを送った。アルファロメオがゆっくりと走りはじめた。門脇は手を振ってから、邸内に戻った。オートシャッターが下りる。

加納は車を発進させた。

イタリア車は広い通りに向かっていた。どうやら亜由は、門脇に抱かれたようだ。門脇は満ち足りた表情だった。亜由は床上手《とこ》なのだろう。

加納はアルファロメオを追尾しながら、門脇たち二人がワインバーに行く前に交わしていた会話を思い起こした。

亜由は、規則云々《うんぬん》と言っていた。家政婦派遣所のスタッフなのか。刑事部長の直属の部下の情報では、門脇は通いの女性に家事を任せているという話だった。家政婦は二人もいらないだろう。

女性スタッフだけの便利屋が数年前に話題になって、テレビや週刊誌に取り上げられた。加納は、テレビのドキュメンタリー番組で話題のニュービジネスのことを知った。

その会社は犯罪絡みの頼まれごと以外は、何でもこなしていた。墓参代行、引っ越しの手伝い、ハウスクリーニング、洗濯、犬の散歩、庭の雑草取り、チケットの購入、花火大会や花見の場所取り、ファッションのコーディネートなどを請け負うほか、独り暮らしの若い地方出身者の話し相手にもなっていた。独居老人の買物代行や悩み相談も引き受けているようだった。

独り暮らしの高齢男性宅には、複数の女性スタッフが派遣されるシステムになっているという。単独では、依頼者から性的ないたずらをされる心配があるからだ。当然の措置だろう。

そうしたことを考えると、亜由が便利屋のスタッフとは考えにくい。家政婦でもないだろう。契約愛人だとしたら、相手の自宅を訪れることはないのではないか。

アルファロメオは十六、七分走り、表参道《おもてさんどう》の裏通りに入った。神宮前《じんぐうまえ》だ。

加納は慎重に亜由の車を追った。

ほどなくアルファロメオは、『ビラクレール神宮前』の地下駐車場に潜った。オートシャッターになっていた。遠隔操作器《リモート・コントローラー》を持った居住者しか地下駐車場には出入りできない。

加納は暗がりにランドローバーを駐め、八階建てのマンションに近づいた。アプローチを進む。

出入口はオートロック・システムになっていた。勝手にエントランスロビーには入れない。加納は防犯カメラに背を向け、集合郵便受けを覗いた。各メールボックスには姓だけしか掲げられていない。

加納はダイレクトメールで、亜由の苗字が小峰《こみね》であることを知った。部屋は三〇三号室だった。

加納は車の中に戻った。

亜由は自分の部屋に戻ったら、ベッドに横たわるのではないか。そして、六、七時間は眠るだろう。加納はそう判断して、用賀の塒《ねぐら》に帰った。

寝室に直行し、正午近くまで寝た。加納は目覚めると、庭に出てカーポートのランドローバーに乗り込んだ。パネルを手前に引き、警察無線で小峰亜由の犯歴照会をした。

謎の女に前科はなかった。一応、堅気なのだろう。加納は家の中に戻り、風呂に入った。頭がさっぱりとした。

加納は一服してから、食事の用意に取りかかった。コーヒーを淹れ、ベーコンエッグを作る。グリーンサラダもこしらえた。

加納はイングリッシュ・マフィンを三個焼き、ダイニングテーブルに向かった。

食事を摂り終えると、すぐに身繕いをした。戸締まりを確認してから、庭に出る。

加納は雑草が気になった。埃だらけのボルボも洗車しなければならない。そろそろエンジンもかけなければ、バッテリーが上がってしまうだろう。

しかし、いまは密行捜査が先だ。加納はランドローバーに乗り込み、霞が関に向かった。

前夜、門脇宅の前から消えた薬丸未樹に会えば、何か得られるだろう。検察庁合同庁舎に着いたのは、三十数分後だった。

未樹は欠勤していた。風邪で熱を出して公務員住宅の自室で寝込んでいると聞いた。

加納は、中央区の外れにある官舎に車を走らせた。だが、未樹は自分の部屋にいなかった。駐車場にヴィッツは見当たらない。

昨夜、未樹は米倉という若い男に結束バンドで首を絞められそうになった。そのときの恐怖が拭えなくて、しばらく姿をくらます気になったのだろうか。

加納は、小峰亜由の自宅マンションに行くことにした。近道を選んで原宿《はらじゅく》に向かう。表参道から脇道に入ると、なんと『ビラクレール神宮前』の近くに見覚えのあるピンクの小型車が見えた。未樹は仮病を使って小峰亜由の動きを探る気になったらしい。

加納はランドローバーを横の裏通りに入れた。大きく回り込んで、車をヴィッツの真後ろに駐める。

未樹が加納に気がついて、ヴィッツを発進させる動きを見せた。加納は素早く車から出て、ヴィッツの前に立ち塞《ふさ》がった。

未樹が観念し、運転席から出てきた。

「昨夜《ゆうべ》は救《たす》けていただいたのに逃げてしまって、ごめんなさい」

「きみの首に結束バンドを掛けたスポーツキャップの男は米倉尚之という名で、二十三歳のフリーターだったよ」

「犯罪のプロじゃなかったんですか」

「以前にも、暴漢に襲われたことがあるの？」

「何かされたりはしませんでしたけど、尾行者の影は感じ取ってました」

「鳥羽深月さんの事件をこっそり自分で調べはじめたとたん、不審者に尾けられるようになったんだね」

加納は確かめた。

「ええ、そうです」

「きのうの坊やは犯罪のプロじゃないな。白金台のワインバーで中年男に声をかけられて、少しきみをビビらせてくれと頼まれただけのようだ。嘘をついてるようじゃなかったよ」

「そうですか」

「米倉を使った中年の男に心当たりは？」

「ありません」

未樹が首を横に振った。

「親しい友人が殺害されたんだから、なんとしても加害者を一日も早く突きとめたいという気持ちはよくわかる」

「……………」

「しかし、女性ひとりで弔い捜査は危険だよ。仮に薬丸さんが刑事だったとしても、独歩行は危《ヤバ》いな」

「わたし、じっとしてられなかったんですよ」

「そうだろうが、命のスペアはないんだ。きみに万が一のことがあったら、故人は悲しむだろう。おれが必ず犯人《ホシ》を取っ捕まえる。だから、きみはもう手を引いてくれ」

「でも……」

「反則技だが、捜査を妨害したってことにして公務執行妨害罪で立件もできる。きみが弔い捜査を続行するなら、そうせざるを得なくなるな」

「わかりました。後は捜査のプロたちにお任せします」

「立ち話をしてると、人目につきやすい。おれの車の助手席に乗ってくれないか」

加納は言って、先にランドローバーの運転席に腰を沈めた。待つほどもなく未樹が助手席に乗り込んできた。

「まず小峰亜由をマークしてる理由から聞かせてくれないか」

「彼女の身許、もう洗い出したんですか。さすが捜査のプロですね。深月は弁護活動の合間を縫《ぬ》って、遠縁の資産家男性が怪死したことを個人的に調べてたんですよ」

「その男性について、詳しいことを教えてほしいな」

加納は懐から手帳を取り出し、ボールペンを握った。

「怪死した方は牛尾利夫《うしおとしお》という名です。七十六歳で、自宅で入浴中に心筋梗塞《しんきんこうそく》で急死したんです。深月の母方の伯父の従妹の旦那さんのは、とこか何かで血の繋がりはまったくないらしいんです」

「いつのことなんだい？」

「去年の七月です。夏ですんで、ヒートショックで心臓発作を起こしたわけじゃないんでしょう」

「ああ、それは考えられないね。夏に熱い風呂に入る者はあまりいないだろうから、寒暖差が心臓に負担をかけたとは思えない」

「ええ」

「行政解剖はされたんだろうか」

「大塚《おおつか》の東京都監察医務院で解剖されたそうです。牛尾さんは、なぜかその日に限って夜間にお風呂に入ったんですよ。通いのお手伝いさんの証言によると、故人は季節に関係なく夕食前にいつも入浴してたらしいんですけどね」

「妙だな」

「そんなことで所轄の石神井署《しやくじいしよ》は行政解剖に回したわけですが、監察医は心筋梗塞による急死と断定したようです。故人には、もともと肥大型心筋症の持病があったようです」

「健康な人よりも心筋が分厚いんで、ポンプの働きが弱いんだな。心房《しんぼう》の血液を充分に送り出すことができないから、どうしても血栓《けつせん》ができやすい」

「そうみたいですね。だから、心筋梗塞を起こしやすいんですって」

「牛尾利夫の遺産はどのくらいあったんだろう?」

「深月の推定では、約十八億円だそうです。牛尾家は江戸中期から代々つづく農家で、戦前は練馬《ねりま》区《く》内のあちこちに土地を所有していたという話でした。戦後の農地解放で小作人に渡った田畑を次々に買い戻して、区内で五本の指に入る大地主だったそうです」

「そう。牛尾利夫は独り暮らしをしてたんだね?」

「そうです。四十八歳のとき、性格の不一致ということで三つ下の奥さんと離婚したんですよ。夫婦には、二男一女がいました。子供たちは全員、母親と一緒に家を出ていったという話でした。牛尾さんは気難しいとこがあったんで、奥さんや子供たちに煙たがられていたようですね」

未樹が言って、複雑な笑い方をした。

「どういう笑いなのかな」

「わたしの父親も気難しい面があって、母や子供には疎《うと》まれてるんです。家族愛がないわけではないんですけど、接し方が下手なんですね。それほど悪意はないと思うんですけど、言葉の使い方を間違ったりすると、得意げにレクチャーしはじめるんですよ。会社では万年課長だけど、博識なんだぞとアピールしたかったんだと思います。そんなふうだったから、母やわたしたち子供に敬遠されてるんです」

「昔と違って、父権がなくなってる。世の亭主族は、家庭に自分の居場所がないんだろうな」

「頑固で偏屈な夫たちは、孤独なんじゃないのかしら？　おそらく牛尾利夫さんも以前は農地だった場所に建てた五棟の賃貸マンションと月極駐車場の賃料でリッチな暮らしをしてたんでしょうけど、淋しかったんでしょうね。夜ごと池袋や新宿に繰り出して、クラブを飲み歩いてたそうですから」

「別れた妻子とは、まったく行き来してなかったのかな」

「そうだったみたいですよ。変な意地があって、自分の弱い面は見せたくなかったんでしようね。牛尾さんは離婚してからは近所づき合いをしなくなって、友人たちとも自ら遠ざかったようです」

「それで、夜な夜な繁華街で憂さ晴らしをしてたわけか。札びらを見せてホステスを口説きまくって、気に入った何人かの世話をしてたんじゃないだろうか」

「多分、そうなんでしょうね。深月は、牛尾さんが交際のあった女たちの誰かに殺害された可能性もあると思いはじめたんです。深夜に入浴したことが解《げ》せないし、寝室にいろんな強壮剤があったという話をお手伝いさんから聞いて、病死を装った他殺かもしれないと疑いはじめたんですよ」

「それで？」

加納は先を促した。

「深月は時間をかけて牛尾さんと関わりのあった女性たちを訪ね歩いて、探りを入れてみたようです。そうしたのは、牛尾さん宅にあった現金と高価な美術工芸品が去年の春先から消えたというお手伝いさんの証言があったからです。深月は、牛尾さんと親密な関係にあった女性のうちの誰かが……」

「牛尾利夫を病死に見せかけて、殺害したのではないかと思ったんだね」

「ええ。金持ちの牛尾さんは、家に常に数千万円の現金を無造作に置いてあったそうです。数百万円もする陶器や蒔絵細工《まきえざいく》なんかも家中にあふれてたみたいですよ。牛尾さんは、その数も正確には憶《おぼ》えてなかったらしいんです」

「そういうことなら、出入りしてた女たちの誰かが札束や美術工芸品をくすねても、気づかれないだろうな」

「深月もそう思ったようで、牛尾さんと男女の仲だったクラブホステスや小料理屋の女将《おかみ》なんかに探りを入れてたらしいんですよ。その結果、彼女たちは誰も数年前から牛尾さんとは会ってないことがわかったんだそうです」

「話をつづけてくれないか」

「深月は、お手伝いさんの神崎澄代《かんざきすみよ》さんに会って改めて話を聞いたんです」

「そのお手伝いさんはいくつなの？」

「五十八歳で、豊島区《としまく》の長崎《ながさき》三丁目に住んでます。深月が死んでから、わたしも神崎さんに会いに行きました。真面目な方で、嘘なんかつかないような女性でした」

「そう」

「生前の深月から、神崎さんの証言で去年の一月ごろから牛尾さん宅に夜、訪問する三十代前半の女性がいることが明らかになったと聞いてたんですよ」

「その夜の訪問客は、小峰亜由だったんだな」

「ええ、そうです」

　未樹が大きくうなずいた。

「ちょっと待ってくれないか。神崎さんは通いのお手伝いさんだったから、夕食の用意をすると、自分の家に帰ってたんだろう？」

「そうです。ある夜、神崎さんは忘れ物に気がついて牛尾さん宅に戻ったらしいんです。そうしたら、牛尾さんと小峰亜由が浴室で戯《たわむ》れてたんですって。そのことは深月に教えられていたんですけど、わたし自身も神崎さんに直《じか》に確かめました」

「そう」

「神崎さんは牛尾さんが悪い女に騙されたら、気の毒だと思ったそうです。それで後ろめたさを覚えながらも、亜由のバッグの中から運転免許証を取り出して……」

「で、神崎さんは女の素姓を知ったわけか」

「ええ、そう言ってました。小峰亜由はあばずれ女には見えなかったけど、どこか胡散臭《うさんくさ》さがあったんで、それとなく牛尾さんに探りを入れたんですって」

「牛尾利夫は交際してる女がいることを明かしたんだろうか」

「牛尾さんは小峰亜由とのツーショット写真を神崎さんに見せて、いずれ結婚するつもりだと言ったそうです」

「色気たっぷりの亜由の虜《とりこ》になってたんだろうな、牛尾利夫は」

「そうなんでしょうね。神崎さんは二人の年齢が開きすぎてるんで、財産目当てなんじゃないかと遠回しに忠告したんだそうです。そうしたら、牛尾さんは烈火《れっか》のごとく怒ったらしいんです」

「そう。亜由のベッドテクニックによって、牛尾利夫は男として蘇《よみがえ》ったんじゃないだろうか」

「それ、性的なことですよね？」

「うん。現役でなくなった高齢の男たちは、いつか蘇る日が訪れるんじゃないかという淡い期待を持ちつづけてるらしいんだ」

「男って、動物的ですね。年老いたら、潔《いさぎよ》く枯れたほうがカッコいいのに」

「女性はそう思うだろうが、男はできるだけ長く現役でいたいと願うものみたいだな。おっと、話が脱線しかけてるね」

「うふふ。それから数カ月後、牛尾さんが手提《てさ》げ金庫に入れといた札束が少し減ってるような気がすると言ったり、蒔絵細工のありかを神崎さんに訊くようになったらしいんですよ。といっても、気に留《と》めてるふうじゃなかったそうです。深月だけじゃなく、わたしも小峰亜由がお金や美術工芸品を盗んだんではないかと……」

「そうなのかもしれないな。亜由はそれだけではなく、結婚話を餌《えさ》にして牛尾利夫から支度金と称して何百万、何千万単位の金をせびってたんじゃないだろうか」

　加納は言った。

「深月も、あなたと同じようなことを言ってました。牛尾さんは結婚を先延ばしにしてる亜由を怪しみはじめて、詰問したんじゃないのかしら？」

「考えられるね。結婚詐欺で告訴されると危《ヤバ》いんで、亜由が牛尾利夫を病死に見せかけて始末したとも疑えなくはない」

「そうですね。深月はそう推測して、門脇達朗を結婚詐欺のカモにしていると思われる小峰亜由をマークしてたんです」

「そういうことで、きみも亜由の動きを探ってたわけか」

「ええ、そうなんです。小峰亜由は、とんでもない女狐《めぎつね》なんだと思います。孤独な老資産家の淋しさをうまく慰めてやって、結婚を餌にし……」

「金品を無心してるのかもしれないな。亜由が牛尾利夫を上手に始末したのかどうか、おれが本格的に調べてみるよ。だから、きみはもう動かないでくれ」

「わかりました。深月の仇《かたき》を討ってくださいね。お願いします」

　未樹が助手席から降りた。

加納は未樹の後ろ姿を目で追いながら、次の段取りを考えはじめた。

3

塀がとてつもなく長い。

庭の巨木に遮《さえぎ》られて、家屋は見えなかった。練馬区石神井台五丁目にある牛尾宅だ。すぐ近くに石神井公園がある。加納は、牛尾邸の前に立っていた。

立派な門の扉は閉ざされている。

加納は亜由の自宅マンションでの張り込みを中断し、主《あるじ》のいなくなった邸宅にやってきたのだ。邸内に忍び込む気はなかった。近所で、去年の一月から牛尾宅をちょくちょく訪れていたという小峰亜由に関する情報を集めるつもりだ。

「おたく、不動産会社の方？」

斜め後ろで、男の嗄《しゃが》れた声がした。加納は体の向きを変えた。
七十五、六歳の男が立っている。普段着で、サンダル履《ば》きだ。地元の住民だろう。
「どうなの？」

「ええ、そうです」

加納は話を合わせた。

「牛尾さんの家は六百坪近くあるから、いずれ大型マンションが跡地に建つんだろうけど、できれば、庭木をそのままにして個人の方に新しい家を建ててほしいね。子供のころ、牛尾さんの家の広い庭で遊んだんだよ」

「地元の方なんですね」

「そう。利夫さんは小学校の一級上だったんだ。わたしが生まれ育った家は少し離れた所にあるんだけど、敷地は六十数坪しかない。そんなことで、近所の子供たちは牛尾さんちの庭を遊び場にしてたんだよ」

「思い出の場所なんですね？」

「そうなんだよ。だからさ、大型マンションとか建売住宅を何棟も建ててもらいたくないんだ」

「これだけの広い土地を個人で買える人はいないでしょ？」

「だろうね。離婚してなかったら、奥さんか三人の子供のいずれかが土地と家屋を相続してたんだろうが、遺産の取り分を巡って牛尾さんの実妹と三人の実子が係争中だからね」

「それは知りませんでした。へえ、裁判中なんですか」

「そうなんだよ。離婚した奥さんには遺産を相続する権利はなくなってしまったわけだけど、子供たち三人には遺留分がある」

「ええ、そうですね。子供たちは法定相続分は貰えるはずです」

「そうなんだが、牛尾さんの妹の日下輝子《くさかてるこ》さんが兄の直筆《じきひつ》の遺言状を持ち出したんだよね。それには、すべての遺産を妹に譲ると綴《つづ》られてるらしいんだ」

相手が言った。

「しかし、実子の三人に遺留分があることは法で定められてることです」

「そうだね。牛尾さんの妹は全遺産の三分の二を受け取って、残りの三分の一を甥二人と姪の三人で均等に相続すればいいと代理人を介して……」

「代理人というのは、弁護士なんですか？」

「いや、そうじゃないんだ。輝子さんは知り合いの会社役員の男性を代理人にして、牛尾さんの三人の子供にそうしてくれと申し入れたみたいだよ。その男は、かつて暴力団の幹部だったらしい」

「その代理人の名はわかります？」

「えーと、大多和《おおたわ》だったかな。そう、大多和直紀《なおき》だ。七十歳前後だったと思う」

「元やくざに凄まれても、牛尾さんの子供たちは脅迫に屈しなかったんでしょ？　だから、父方の叔母《おば》に当たる日下輝子さんと裁判で争うことになったわけですね」

「そうなんだ」

「日下輝子さんは、この近くに住んでいるんですか？」

「いや、武蔵野市吉祥寺北町《むさしのしきちじょうじきたまち》四丁目在住だよ。ご主人は十年以上も前に病気で亡くなったんだが、輝子さんは夫の事業を引き継いで毛皮の輸入販売会社を手がけてるんだ。でも、事業は思わしくないようだな。そんなことで、輝子さんは兄の遺産を少しでも多く手に入れたくなったんだろう」

「その妹さんは、おいくつなんです？」

「六十五、六歳のはずだけど、ずっと若く見えるよ。利夫さんとは年齢が離れていて、子供のころから甘やかされてたんで、わがままなとこがあるんだ」

「そうなんですか。実は妙な噂を耳にしたんで、牛尾さん宅の土地購入の件は保留になっているんですよ」

加納は言った。誘い水だった。

「妙な噂？」

「はい。牛尾さんは去年の七月の夜、入浴中に急死されました」

「ああ、心筋梗塞でね。夏に心筋梗塞で亡くなったんで、ちょっとびっくりしたよ。年配の者が風呂場で急性心不全になるのは冬場が多いからさ」

「そうですね。これはあくまで噂なんですが、牛尾さんは病死に見せかけて誰かに殺されたのかもしれないと……」

「えっ⁉」

「牛尾さんのお宅に去年の一月ごろから、色気のある三十代前半の女性が出入りしてませんでした？」

「出入りしてたよ。妖艶な女性だったね。飛びきりの美人ってわけじゃないんだけど、男を惑《まど》わすような魔性を秘めてる感じだったな。熟《う》れた体で、抱き心地はよさそうだったよ」

「その彼女がもしかしたら……」

「牛尾さんを殺したんだろうか」

「ええ、ひょっとしたらね。その女は、いつも夜に牛尾さん宅を訪ねてたんでしょ？」

「そうだったな。夕方までは通いのお手伝いさんがいたから、現われるのはいつも夜だったよ。高い香水を使ってるみたいで、擦れ違ったとき、いい匂いがしたな」

「その女は何者なんでしょうかね」

「わたしもそのことが気になってたんで、一度、利夫さんに訊いたことがあるんだ」

「そうしたら？」

「旧友の娘で、英会話の個人レッスンをしてもらってるんだと言ってた。でも、そうじゃないと思うな。二人はとっても親密な感じだったからね」

「愛人なんでしょうか？」

「そんなふうに見えることもあったが、娘のような接し方をしていたよ。彼女のほうも、牛尾さんのことをお父さんなんて呼んでたな」

「そうですか」

「あの彼女、ボランティア活動で独り暮らしをしてる老人宅を訪問して話し相手になってたんだろうか。それにしては、色っぽすぎたな」

「新手《あらて》のデリバリー嬢なんですかね」

「それだったら、一、二時間で帰るでしょ？」

「ええ、そうでしょうね。その女は長居してました？」

「少なくとも、四、五時間はいたんじゃないだろうか。明け方近くに牛尾さんの家から出てくる姿を幾度か見てるんだ。わたし、午前三時とか四時に目が覚めてしまうことがあるんだよ。そんなときは、近所を散歩してるんだ。体を動かすと、また眠くなったりするんでね」

「夜明け前に散歩したとき、色気のある女性を見かけたのですか」

「そうなんだ」

「車で帰っていきました？」

「いや、いつも表通りまで徒歩で……」

「そうですか」

「正体のはっきりしない女が牛尾さんを殺したんだとしたら、どんな手を使って心筋梗塞に陥らせたんだろうか。行政解剖で不審な点はなかったと告別式のとき、牛尾さんの妹が言ってたがな」

「そうなんですか。生前、牛尾さんは家から現金や値の張る美術工芸品がなくなったなんてことは洩らしてませんでした？」

「いや、そんな話は聞いたことがないね」

相手が言った。

「牛尾さんが亡くなる前、誰かと再婚するかもしれないなんてことは？」

「そんなことは言ってなかったな。牛尾さんは、色っぽい三十女に惚れてしまったんだろうか。それで、相手に後妻になってくれってしつこく迫ってたのかな。でも、相手は牛尾さんにまったく恋愛感情なんか持ってなかった。それだから、うっとうしくなったんじゃないだろうか」

「それだけの理由で、正体不明の夜の訪問者が牛尾さんを殺す気にはならないでしょ？」

「そうか、そうだろうね」

「その彼女が牛尾さんを病死に見せかけて殺したんだとしたら、何か都合が悪くなったんじゃないでしょうか」

「どんなことが考えられる？」

「謎だらけの女は牛尾さんの二度目の妻になってもいいと言っておきながら、具体的な結婚の時期はぼかしてたのかもしれません」

「そうなのかな」

「で、彼女は結納《ゆいのう》代わりに牛尾さんから高額の支度金を貰った。にもかかわらず、結婚の日取りはなかなか決めようとしなかった」

「そんなことで、牛尾さんは業《ごう》を煮やしてセクシーな彼女を詰《なじ》るようになったんだろうか」

「女には最初っから、牛尾さんの後妻になる気なんかなかったんではないのかな」

「そうだとしたら、問題の女は結婚話を餌にして利夫さんから金を引っ張り出そうと企んでたってことになるんじゃないの？」

「ええ、そう考えるべきでしょうね。そのことが牛尾さんに見破られてしまったんで、病死に見せかけて……」

「さっきも言ったけど、どうやって殺したわけ？」

「それはわかりません」

「監察医は病死と断定したようだし、遺体に不審な点はなかったそうだから、おたくは噂をつい鵜呑《うの》みにしちゃったんじゃないの？　わたしは、そう思うね」

「そうでしょうか」

加納は頭に手をやった。

「おたく、どこの会社の人なんだい？」

「『東都エステート』という不動産会社で働いてます」

「大手や準大手じゃないやね？」

「ええ、中堅のディベロッパーなんですよ。ですんで、ビル用地やマンション用地の買い付けには慎重になってるんです。買い上げた土地で殺人事件が発生していたら、マンション販売会社に買い叩かれて、大きな転売益は見込めないでしょう」

「そうだろうね。下手したら、マイナスになるかもしれないな」

「ええ、そうなんですよ。だから、牛尾さん宅の土地の購入がペンディングになっているわけです。しかし、これだけ広い敷地が売りに出されるチャンスはめったにないでしょうから……」

「欲しいことは欲しいわけだ？」

「ええ。ですが、身内が係争中ということなら、もうしばらくは地権者が誰になるのかわかりません」

「利夫さんの妹が実家の敷地を売りに出しているという話は小耳に挟んでたけど、どうなるかはわからないんだな」

「ええ、そうですね。牛尾家の遺産は推定十八億円だと言われてるから、裁判は長引きそうです」

「子孫に美田《びでん》を残すと、争いの因《もと》だね。ろくに資産がないわたしには、関係のない話だけどさ」

七十年配の男は笑って、ゆっくりと遠ざかっていった。

加納はランドローバーに乗り込み、イグニッションキーを捻った。車を豊島区長崎に向ける。

牛尾宅で通いのお手伝いとして働いていた神崎澄代の自宅は、三丁目の外れにあった。戸建て住宅だが、大きくはなかった。築二十数年は経《た》っていそうな二階家だ。

加納は生命保険会社の顧客調査部の一員を装って、神崎宅を訪ねた。十数種類の偽名刺は常に持ち歩いていた。実在する会社の名を借りることが多かったが、むろん氏名や代表電話番号はでたらめだ。

応対に現われた澄代は、ふくよかな体型だった。そのせいか、顔の皺《しわ》は少なかった。加納は玄関の三和土《たたき》まで通された。

「生命保険金の受取人は、三人の子供の誰かになってたんでしょ?」

玄関マットの上に正坐した澄代が、開口一番に訊いた。

「いいえ。受取人は、牛尾さんの妹の日下輝子さんになっています」

「あら、そうなの。高額の生命保険をかけてたんでしょうね」

「具体的な数字は言えませんが、驚くような高額ではありません。牛尾さんは大変な資産家でしたんで……」

「特に高額の生命保険なんかかけなくても、別にいいわけね。それにしても、受取人が自分の子供じゃなかったのは意外だわ。離婚した奥さんとは新婚当時から夫婦喧嘩が絶えなかったそうだから、元妻を受取人にはしないでしょうね。でも、三人の子供は自分の子なわけです。奥さんと一緒に牛尾さんに背を向けた子供たちが憎かったんでしょうか」

「そのあたりのことはよくわかりませんが、受取人は日下輝子さんになっています」

「妹さんのことはかわいがってましたからね。でも、牛尾さんが急死したんで、とてもびっくりしました。心臓に持病はありましたけど、すごくお元気だったのよ」

「そうなんですか。同僚の調査によると、牛尾さんは夕食前に入浴することが多かったようですね？」

加納は本題に入った。

「そうなのよ。わたしは夕食を作ってる途中に、お風呂の給湯スイッチを入れてたんです。長年、牛尾さんはお風呂に入ってさっぱりとしてから、夕食を摂ってらしたの」

「そうだったようですね。亡くなった夜は、二度お風呂に入られたんだろうな」

「そうなんだと思いますけど、それが不思議なの。夏とはいえ、ほぼ全室クーラーを効かせてたから、そんなに汗はかかないはずなのよ」

「仮に何かで汗をかいたとしても、夏ですから、シャワーを浴びるだけでもよさそうですが……」

「そうよね。死んだ日に限って、二度も湯船に体を沈めてる。わたしが通いで家事をやらせてもらうようになってから、そんなことは一遍《いっぺん》もなかったんですよ」

「その夜は、普段はしないことをして大汗をかいたんですかね。仮にそうだったとしても、シャワーで充分だと思います」

「わたしも、そう思うわ」

「神崎さんが帰られた後、時々、牛尾さん宅を訪れる三十代前半の女性がいたことをご存じでした？」

「ええ。その彼女は去年の一月ごろから、牛尾さんの家に月に六、七度は来てたみたいですよ」

「あなたは、その彼女と牛尾さん宅で鉢合わせをしたことがあるんですか？」

「鉢合わせをしたことは一度もないの。ある日、忘れ物に気づいて牛尾さんのお宅に引き返したら、浴室から男女の声が響いてきたんですよ」

「牛尾さんが定期的に訪ねてくる女と一緒に風呂に入ってたわけですか」

「そうなんですよ。わたし、疚しさを感じつつも彼女のバッグの中にあった運転免許証を見てしまったの」

澄代が打ち明けた。薬丸未樹から聞いた話と合致していた。美人弁護士が遠縁に当たる牛尾利夫の死の真相を探っていたことは間違いない。

「その彼女の名は？」

「小峰亜由という名前で、三十二歳だったわ。数日後、わたしは牛尾さんに夜に訪ねてくる女性がいるんじゃないかと探りを入れてみたんですよ」

「牛尾さんはどう答えました？」

「旧友の娘が英会話を教えにきているんだと言ってましたけど、それはとっさに思いついた嘘なんでしょう」

「なぜ、そう思われたんです？」

「牛尾さんは、わたしの顔をまともに見なかったの。小峰亜由さんとどこで知り合ったのかはわかりませんけど、牛尾さんは彼女の何かに魅せられたんで、自宅にちょくちょく呼ぶようになったんでしょう」

「どこに惹かれるようになったんだろうか。七十六歳だった牛尾さんが三十ちょっとの女性に魅せられたのは……」

「色気に悩殺されたんじゃない？　小峰亜由という彼女は、老人キラーなんじゃないのかしらね。高齢の男性に上手に甘えるんで、殿方は父性愛をくすぐられちゃうんでしょ？　多分、彼女はファザコンで、年配の男性が好きなんだろうな」

「そうなんでしょうか」

「そうにちがいないわ。それだから、一緒にお風呂に入って牛尾さんの体の隅々まで洗ってあげてたんでしょう」

「小峰という女は、自分の父親や祖父を労《いたわ》るような気持ちで牛尾さんに接してたんでしょうか。いや、そうではないんだろうな」

「多分、小峰さんは牛尾さんに性的なマッサージもしてやってたんだと思います。牛尾さ

ん の年齢になれば、性欲はあっても……」

「神崎さんが言おうとしてることはわかりますよ。その先は言わなくても結構です」

「やだ、恥ずかしくなってきちゃったわ」

澄代が、火照った頬を両の掌《てのひら》で押さえた。少女じみた仕種《しぐさ》が愛らしかった。

「牛尾さんは小峰亜由の性的なテクニックによって、若いときのパワーを取り戻すことができたのかもしれないですね」

「ええ、そうなんだと思うわ。それで、彼女を後妻に迎えたいと考えるようになったんじゃない？　自分が先に死んでも、若い後妻が一生食べていけるだけの遺産はあるわけだから、プロポーズしたんじゃないのかな。小峰さんは将来、莫大な遺産が得られると考えて後妻になると返事をしたんでしょう。でも、よくよく考えたら、自分には牛尾さんの再婚相手にはなれない事情があった」

「実は、夫がいたとか？」

「それはないでしょう？　人妻が老人を色仕掛けに嵌めたら、旦那と別れる羽目になるかもしれないもの」

「そうですね。小峰亜由には、何年か越しの彼氏がいたんでしょうか」

「ええ、そうなんじゃないの。巨額の遺産は魅力があるけど、恋人は失いたくない。彼女は二者択一を迫られて、結局、彼氏のほうを選んだんじゃないのかな」

「牛尾さんは、彼女の煮え切らない態度に腹を立て、交際している男に自分とも性的な関係があることをバラすと威したんですかね。そうだとしたら、小峰亜由が病死に見せかけて何らかの方法で殺害した疑いも出てきますね」

加納は言った。

「実は牛尾さんの遠縁に当たる鳥羽深月という弁護士があなたと同じような疑念を持ったらしく、わたしに会いにきたの。それで、小峰亜由さんのことを詳しく教えてあげたのよ。怪しい点もね。でも、行政解剖で不審な点は何もないとわかったんですよ」

「牛尾さんは何かの理由があって、夜、二度目の風呂に入っただけだ。神崎さんは、そう考えているわけですね」

「ええ、そう。それで、牛尾さんは入浴中に心筋梗塞に見舞われて亡くなったんでしょう」

「そうなんですかね」

「あなたは、そうではないと思っているみたいね……」

「牛尾さんは、殺されたのかもしれません。いま話に出てきた弁護士の鳥羽深月さんはこの二月五日の夜、自宅マンションで何者かに絞殺されました」

「そう、そうだったわね。テレビのニュースで事件のことを知って、わたし、腰を抜かしそうになったわ」

「牛尾利夫さんの死の真相を調べていた女性弁護士が殺害されたのは、牛尾さんが病死したんではないという証拠を握ったからでしょう」

「とは言い切れないんじゃない？　弁護士は仕事柄、いろんな人に逆恨みされることがあると思うの」

澄代が異論を唱《とな》えた。

「ええ、おっしゃる通りですね。裁判絡みで鳥羽弁護士は恨みを買ってしまったのかもしれません」

「そうなんだと思うわ」

「ですが、鳥羽さんは牛尾さんの死の真相を知ってしまったから殺されたのかもしれないという推測には、それなりの説得力がある気がしますね。ご協力に感謝します」

「あなた、本当に生保会社の社員なの？　なんか刑事さんの口ぶりみたいですけどね」

「警察の人間じゃありませんよ」

加納は一礼し、玄関のガラス戸を横に払った。

4

車を神崎宅の裏手に回す。

加納はギアをＰ《パーキング》レンジに入れ、特捜指令を受けたときに渡された捜査ファイルを開いた。調書の文字を追う。

初動捜査で、牛尾の元妻と三人の子供に聞き込みをしたことは記述されていた。しかし、四人とも故人とは疎遠になったままで交友関係については何も知らないと口を揃えている。果たして、そうだったのだろうか。

加納は神崎宅を辞したとき、牛尾の子供の誰かと実妹の日下輝子が財産を狙って鍔迫《つばぜ》り合いをしていたのではないかという思いにとらわれた。刑事の勘だった。

牛尾の幼友達の証言によれば、故人は離婚後に全財産を実の妹の日下輝子に譲るという内容の直筆の遺言状を渡したらしい。牛尾の三人の子供には、法定遺留分を受け取る権利がある。当然、牛尾がそのことを知らないわけはない。

だからこそ、故人は実妹に全財産を譲るという遺言状を渡した。要するに、一種の厭《いや》がらせだろう。牛尾の三人の子がそのことを知ったら、不快に感じるにちがいない。

三人の子女のうちの誰かが意図的に小峰亜由を父親に接近させ、色仕掛けで彼女の虜にさせた。そして、無防備になった牛尾を病死に見せかけて葬らせたとは考えられないだろうか。

また、日下輝子が金に困っていたとしたら、小峰亜由を使って牛尾を始末させたと疑えないこともない。初動では牛尾の実妹から事情を聴取している。だが、牛尾の直筆の遺言状についてはまったく記述されていない。

念のため、日下輝子と牛尾の子供に会うべきだろう。

加納はそう判断して、ランドローバーで吉祥寺に向かった。牛尾の妹の自宅兼会社を探し当てたのは、およそ五十分後だった。

三階建ての店舗ビルの一階はショールームになっていた。二階が事務フロアで、最上階は居住スペースになっているようだ。

加納は車を路上に駐め、『日下交易』の一階に入った。ショールームには、チンチラやロシアン・セーブルなどの毛皮コートが展示されていた。

加納は女性店員に警察手帳を呈示し、社長の日下輝子との面会を求めた。

「社長は二階の社長室におります。ご案内しましょう」

二十代後半と思われる女性店員が言って、階段の昇降口に向かった。加納は彼女の後に従い、二階の事務フロアに上がった。

導かれたのは奥の社長室だった。八畳ほどの広さだ。

牛尾の妹は机に向かっていた。若々しく、とても六十代の半ばには見えなかった。皮膚には張りがあったが、どこか不自然だ。美容整形手術を何度も受けて、外見の若さを保っているのだろう。

加納は名乗った。日下輝子が机から離れ、ロココ調のソファセットを手で示した。加納たちはコーヒーテーブルを挟んで向かい合った。

「兄は病死ではなく、殺害された疑いが出てきたんじゃない？」

輝子が口を開いた。

「どうしてそう思われたんです？」

「兄は心臓が弱かったから、最初は病死だと思ってたのよ。警察の方は行政解剖の結果、不審な点はなかったと言ってたんでね。でも、兄はいつも夕食前に入浴してたの。死亡推定時刻は午後十時から十二時の間ということが、なんか胸に引っかかってたのよ。死んだ日に限って、兄はどうしてそんな時刻にお風呂に入ったんだろうと疑問に感じたの」

「そうなんですか」

「おそらく兄は殺されたんでしょう。通いのお手伝いだった神崎澄代さんから夜間に兄の許《もと》に通ってた小峰亜由という三十女がいると教えられ、その彼女は兄の長男の牛尾健太《けんた》が差し向けたんじゃないかなと思ったの。甥の健太はね、兄が離婚後にわたしに全財産を譲るって直筆の遺言状をくれたことが面白くなかったのよ。二人の甥と姪は子供のころから兄を嫌ってて、母親の常子《つねこ》さんべったりだったの。兄は自分の考えを家族に押しつける傾向があったんで、妻子に疎まれてたのよ」

「そうですか」

「健太はどこで兄の遺言状のことを聞きつけたのか、八、九年前にここに訪ねてきてね、『親父が死んでも、あんたに遺産をそっくり相続する権利なんかないんだぞ。おれたち三人の子供は、それ相応の遺産を貰えるんだ』と息巻いたの。もちろん、基本的には、兄妹には相続権がないことは知っていたわ。でも、兄がわたしにくれた直筆の遺言状には法的な効力があるのよ。甥や姪には遺留分はあったにしても。全遺産の六分の一ずつよ」

「ええ、甥の牛尾健太さんの言い分は間違っていません」

「そうなんだけど、兄と常子さんが別れたのは三十年近く前の話なのよ。兄は三人の子供が大学を卒業するまで養育費と学費を払いつづけたわ。息子や娘が自分に懐《なつ》かなくてもね」

「それは立派だと思います」

「そうでしょ？　わたしは死んだ夫と結婚するまで石神井の実家にいたの。兄が相続した財産は、もともとわたしたち兄妹の両親の物だったのよ。それなのに、遺産が兄には寄りつかなかった甥や姪に渡るなんて納得できないわ」

「だから、あなたはお知り合いの大多和直紀氏を代理人にして、牛尾さんの三人の子供に故人の直筆の遺言状を尊重すべきだと言ってもらったんですね」

加納は言った。

「そんなことまで知ってるの⁉」

「警察は、調べることが仕事なんですよ。大多和さんは、かつて暴力団に入ってたんでしょ？」

「彼が龍昇会《りゅうしょうかい》に所属してたのは大昔の話よ。三十七、八歳のころに足を洗って、中小企業診断士の資格を取ったの。夫が存命のころから、うちの会社は大多和さんに経営相談に乗ってもらってたんですよ」

「大多和さんがあなたの甥や姪に凄んだりはしてないのかな。相手が元やくざなら、牛尾さんの子供たちは少しぐらい怯《おび》えたんじゃないですか？」

「大多和さんは、もう堅気なのよ。紳士的に甥や姪に話してくれたはずだわ」

「話題を変えます。刑事部長が用意してくれた捜査資料によると、牛尾さんの長男は小金《こがね》井《い》市内で中古外車の販売店をやってるようですね」

「ええ、『牛尾モータース』という会社をやってるの。でも、四、五年前に高級車窃盗グループから仕入れた盗難ベンツを売ったことが発覚して以来、商売はうまくいってないって噂よ」

「客の信用を失うと、どんなビジネスもうまくいきませんからね」

「商売は信用第一だわ。健太は会社の運転資金に困って、弟の芳樹《よしき》に泣きついたことがあるみたいよ」

「次男の方は、リフォーム業者でしたね？」

「そう。世田谷区の池尻《いけじり》に店舗兼自宅があるんだけど、従業員は二人しかいないそうだから、細々と商売をしてるんじゃないの」

「兄弟の妹の赤城紀香《あかぎのりか》さんは司法書士の方と結婚されて、江戸川《えどがわ》区の宇喜田町《うきたちょう》に住んでるんでしょ？」

「ええ。姪夫婦も住宅ローンが重いようだから、長男の健太に運転資金を回してあげる余裕なんかないわよ」

「そうですか」

「健太は事業がうまくいってないんで、父親の遺産が早く欲しくって、小峰亜由という女を兄に近づけたんじゃないの？　離婚してから、兄はいろんな女性と遊んでたわ。でも、七十代になってからは女遊びもしなくなってた。そのころから、男性機能が衰えちゃったんだろうな」

「そうなんですかね」

「でも、セクシーな亜由って女と接してるうちにだんだんパワーが蘇ったみたいなの。去年の五月ごろ、兄はわたしに電話をかけてきて、小峰亜由と再婚してもいいと考えてると言ったのよ」

「あなたは、どう応じたんです？」

「男性の平均寿命が近づいてるのに、何を言ってるのと笑い飛ばしたわよ。すると、兄は真面目な話なんだと言ったわ。それから、亜由のおかげで女性を抱けるようになったと喜んでたわね」

「亜由は男の性感帯を識《し》り抜いてて、そこを刺激するテクニックを持ってるんだろうな。八十近い牛尾さんを現役にさせてやったんなら」

「ええ、性技に長《た》けているにちがいないわね。それだから、兄は亜由にのめり込んで、後妻に迎えたいなんて言い出したのよ」

「牛尾さんが亜由と再婚してたら、遺産は後妻に……」

「あなた、まさかわたしが小峰亜由を差し向けて兄を腹上死《ふくじょうし》させたとでも疑ってるんじゃないでしょうね」

輝子の顔つきが険《けわ》しくなった。

「腹上死ですか。若い愛人を持った高齢の男性が性行為中に急性心不全で亡くなったケースは一例や二例じゃない。牛尾さんは心臓が丈夫ではなかった。性的に極度な興奮をしたら、急死するかもしれませんね」

「ううん、違うわね。兄はベッドの上で死んでいたわけじゃない。湯船の中で亡くなっていたんだから、腹上死したんじゃないわ。寝室から浴室は、かなり離れてるの。仮に兄が腹上死したとしても、小峰亜由がひとりで遺体を風呂場に運ぶのは無理ですよ」

「女性ひとりでは、そんなことはできないだろうな。しかし、男に手伝ってもらえば、死体をベッドルームから浴室に運ぶことは可能でしょう」

「そう考えると、腹上死の可能性もありそうね。亜由には共犯者がいたのかもしれないわ。男性なら、息絶えた兄を肩に担《かつ》いで寝室から浴室に移すことはできるものね。それで、入浴中に心筋梗塞を起こして死んだことにしたのかしら?」

「初動捜査で、湯の設定温度は四十二度になっていたことがわかってます。夏の季節には少し熱めですが、そうする必要があったんでしょう」

「死体の体温の低下を防いで、死亡した時刻をごまかしたかったわけ？」

「ええ、そうなのかもしれません。医学的なことはよくわかりませんが、遺体を温めつづけていれば、通常よりは死後硬直の開始時刻は遅くなるんじゃないですか」

「そうかしら。心肺停止時から全身が徐々に硬直しはじめるんじゃない？　そうだったら、湯で死体を温めつづけても、検視官や監察医の目はごまかせないと思うわ」

「そうかもしれませんね。しかし、犯人が行政解剖に当たった監察医を予《あらかじ》め抱き込んでおけば、事実とは違う〝死亡推定時刻〟にすることは可能でしょう」

「ええ、そうね。亜由は魔性の女みたいだから、監察医を色仕掛けで抱き込むこともできそうだわ。刑事さん、共犯者は甥の牛尾健太なのかもしれませんよ。事業の運転資金に窮《きゅう》してた甥は少しでも早く父親の遺産を手に入れたいと思ってたにちがいないわ。小峰亜由の交友関係を徹底的に洗えば、わたしの甥が浮かび上がってくるんじゃない？　もともと父親に愛情なんか感じてなかったから、第三者にわたしの兄を始末させることにためらいはなかったんじゃないのかな。芳樹や紀香は、そこまで情《じょう》のない子じゃないんですよ。おそらく健太が亜由を使って、兄を腹上死させたんでしょう」

「あなたは、甥の健太さんを悪者にしたがってるようですね。実兄の長男をそこまで疑うと、刑事《デカ》の習性であなたを疑いたくなってくるな。ま、冗談ですがね」

「悪い冗談はやめて！　わたしの会社はリーマン・ショックで少し年商が落ちたけど、二年後にはV字回復したわ」

「経済的には苦しくないってことですね」

「そうよ。兄の遺産を甥や姪に取られたくないと思ってるのは、三人のことを快く思ってないからなの。両親が離婚後、常子さんの手前もあったんだろうけど、三人とも兄には近寄らなかった。薄情でしょう？」

「ええ、少しね」

「そのくせ、健太たちは故人の遺産は欲しがった。繰り返すけど、兄の財産はわたしたち兄妹の親のものだったのよ。法律はどうあれ、わたしが兄の遺志通りすべてを相続したい気持ちになるのは当然でしょ？」

「甥たちと裁判で争っているようですが、日下さんに勝ち目はないと思いますよ。早く和解したほうが双方にとって、プラスになるでしょう」

加納は助言した。

「わたしはね、甥たちが実家を他人に売ってしまうことがわかってるから、できるだけ民事裁判を長引かせたいの！　弁護士費用はかかるけど、生家が人手に渡るのはいやなのよ」

「そうそう、遠縁に当たる弁護士の鳥羽深月さんがあなたを訪ねてきませんでした？」

「一度見えたわよ、鳥羽さんなら。一月の中旬だったと思うわ。兄が本当に病気で死んだかどうか調べてると言って、女性関係のことを聞かれたわね」

「それで？」

「神崎澄代さんから聞いた小峰亜由のことを教えてやったわ。それから一カ月も経たないうちに、彼女は自宅マンションで殺されてしまった」

「ええ」

「まだ若くて綺麗《きれい》だったのに、もったいないわよね。鳥羽深月さんは、亜由が計画的に兄を性的に興奮させて死なせたことを見破ったんじゃない？　そうだったとしたら、甥の牛尾健太が鳥羽さんを亡き者にした疑いがありそうね。亜由自身が鳥羽さんの自宅に押し入って、犯行に及んだとは考えにくいでしょ？」

　輝子が言った。

「事件現場には、犯人のものと思われる二十七センチの靴跡がありました。実行犯は女性で、わざとサイズの大きな靴を履いて被害者宅に押し入った可能性もゼロじゃありません。ただ、女の腕の力では一気に絞殺できないと思います」

「そうでしょうね。甥の健太は、そのくらいのサイズの靴を履いてるんじゃないのかな。刑事さん、健太をちょっと調べてみてよ」

「そうしましょう。どうもお邪魔しました」

加納は社長室を出て、階下に降りた。取り次いでくれた女性店員に軽く頭を下げ、店舗ビルを出る。

いつしか陽は沈みかけていた。

加納はランドローバーに乗り込み、小金井市をめざした。『牛尾モータース』に着いたときは夕闇が濃くなっていた。

中古外車販売会社は、広い表通りに面していた。ドイツ車が多かったが、フランス車やイタリア車も展示されている。アメリカ製の車はマスタングとクライスラーの二台しか見当たらない。

右手の奥に、円錐形《えんすいけい》の事務所があった。ガラス張りで、内部は丸見えだ。

加納は『牛尾モータース』の少し先の雑居ビルの前の路肩に車を寄せ、二十数メートル逆戻りした。円《まる》い形をした事務所に入ると、三人の男性社員がいた。

加納は社員のひとりに身分を明かし、社長の牛尾健太に取り次ぎを頼んだ。

少し待つと、奥から牛尾社長が現われた。初動捜査資料には四十二歳と記述されていたが、四、五歳老けて見えた。気苦労が多いのだろうか。

加納は商談用のソファセットに導かれ、牛尾健太と向かい合った。

「親父の件で見えられたんですね」

「ええ。まだ断定はできないんですが、あなたのお父さんは病死ではなかったのかもしれないんですよ」

「他殺の疑いがあるんですか⁉」

牛尾が目を丸くして、前屈みになった。加納は、他殺の疑いを持った理由を語った。

「親父は三十女を家に連れ込んでたのか。でも、もう枯れてるでしょう。セックスなんてできなくなったんじゃないかな」

「相手が大変なテクニシャンだったら、性行為は可能でしょう。八十歳近い歌舞伎役者が父親になったケースもあります」

「そうでしたね。親父が自宅に呼んだ女は何者なんです？　デリバリー嬢なのかな」

「そうではないでしょう。その彼女は去年の一月ごろから月に六、七回は、夜間にお父さんの許を訪れていたようなんですよ。通いのお手伝いさんの証言ですんで、信憑性《しんぴょうせい》はあると思います。その彼女の名は小峰亜由です。お父さんは近所の人には、亜由のことを旧友の娘で、英会話を教わっていると言ってたようです。多分、それは作り話だったんでしょうね。お父さんが亜由とどこで知り合ったかはわかりませんが、二人が男女の仲だったことは間違いないでしょう」

「驚きですね。何者なんだろうか、その女は？」

「参考までに質問するんですが、あなたは小峰亜由という名に聞き覚えはありませんか？」

「初めて耳にする名です」

牛尾利夫の長男が加納を正視した。演技をしているようではない。『牛尾モータース』の社長が亜由と共謀した疑いはなさそうだ。

「親父が腹上死したんだとしたら、亜由という女は名器の持ち主なんだろうな」

「それだけではなく、お父さんが異常なほど性的に昂《たか》まったとき、さらに心臓に負担をかけるようなことをしたのかもしれませんね」

「たとえば、どんなことが考えられます？」

「いきなり素肌にスタンガンを押し当ててショックを与えたか、あるいはモデルガンの銃口を突きつけたとか……」

「その程度のことでは、人間は死なないでしょ？」

「アメリカでの例ですが、孫がいたずら半分にゴム製の毒蛇を祖母に見せたら、ショック死してしまったんですよ。その祖母は蛇が大っ嫌いだったそうです。まだ六十九歳でした」

「父は肥大型心筋症だったから、興奮してるときにびっくりさせられたら、心臓がパンクしちゃうかもしれないな」

「と思います。昔、読んだサスペンス小説に、情交中に不倫相手の心臓部に急に氷塊《ひょうかい》を押しつけて死なせた若い人妻のトリックが描かれてました。相手が心臓疾患のある高齢男性なら、そうした手口でもショック死させられるんではありませんか」

「多分、可能でしょう」

「ところで、叔母さんの日下輝子さんと相続を巡って係争中ですよね」

「ええ。叔母が父の直筆の遺言状をちらつかせて、わたし、弟、妹の三人に遺留分を放棄しろと元やくざの彼氏を使って威しをかけてきたんですよ」

「その彼氏というのは、大多和直紀さんですね？」

「そうです、そうです。叔母は旦那が病死してから、元やくざの中小企業診断士とデキたんでしょう。大多和は、輝子と呼び捨てにしてました。深い仲じゃなかったら、雇い主を呼び捨てにできないはずです」

「でしょうね」

「叔母の輸入毛皮販売会社はリーマン・ショック以降、ずっと赤字みたいなんですよ。わたしの弟が従業員から給料の遅配が五、六回あったと聞き出したんで、経営が楽でないことは間違いありませんよ」

「そのことは知りませんでした」

「叔母が金欲しさに大多和とつるんで親父を殺すことを企てて、小峰亜由って女を送り込んだんじゃないだろうか。叔母は貧乏ったらしい暮らしを嫌ってるから、父の遺産をなんとか手に入れたいと考えたんだろう。きっとそうにちがいありません」

「彼女は、あなたが小峰亜由と結託してるんじゃないかと疑ってるようでしたよ」

「こっちを犯罪者扱いするなんて、赦せないな。裁判で、とことん闘ってやります」

「説得しても無駄そうですね。そろそろお暇《いとま》します」

加納はソファから立ち上がった。円錐形の事務所を出ると、三十代の男が慌てて物陰に走り入った。

怪しい男の正体は、そのうち明らかになるだろう。亜由の自宅マンションの近くで張り込んでみることにした。

加納はランドローバーに駆け寄った。

運転席に入ってから、三原刑事部長に電話をかける。加納は小峰亜由の経歴を調べてくれるよう頼み、車を発進させた。

第四章　怪しいレンタル家族

1

　後続の車が気になった。

　灰色のエルグランドは『牛尾モータース』を後にしてから、ずっと追尾してくる。さきほど慌てて暗がりに走り入った三十代の男が尾けているのか。

　加納は車をガードレールに寄せた。

『牛尾モータース』から約四キロ離れた幹線道路だった。加納はごく自然に車を降り、脇道に入った。

　少し走って、路上駐車中のワゴン車とブロック塀の間に身を潜める。いくらも経たないうちに、目の前を男が走り過ぎていった。見覚えがあった。

『牛尾モータース』の近くにいた不審な三十四、五歳の男だ。地味な身なりだったが、どこか崩れた印象を与える。大多和に雇われた男とは考えにくい。いったい誰に雇われたのだろうか。

加納は、じっと動かなかった。

男が引き返してきた。加納はワゴン車を回り込むなり、怪しい男の片方の腿《もも》を無言で蹴った。男が呻いて、路上に倒れる。

加納はステップインして、相手の側頭部を蹴りつけた。骨が鳴った。男は唸りながら、四肢《しし》を縮めた。

加納は男のこめかみに片足を乗せた。

「誰に頼まれて、こっちの動きを探ってたんだっ」

「えっ⁉」

「とぼけると、もっと痛い目に遭うぞ」

「おい、なめんなよ。おれは龍昇会に足《ゲソ》つけてんだ。堅気《ネス》じゃねえんだぜ」

「大多和が若いころにいた組織だな」

「…………」

男は黙したままだった。加納は男のこめかみを押さえた右足に重心を掛け、左足を路面から浮かせた。

　男が動物じみた声を発し、さらに全身を丸めた。

「もう少し粘ってみるか？」

「あんた、刑事なんだよな」

「大多和がそう言ってたか」

「いや、そうじゃねえよ」

「世話を焼かせやがる」

　加納は相手の頭を靴底で踏みにじった。男が歯を剝《む》いて唸る。

「公務執行妨害で手錠《ワッパ》打つか」

「しょっ引かねえでくれ。大多和さんが組長《オヤジ》の昔の兄貴分だったから、頼みを断れなかったんだよ」

「やっぱり、そうだったか。なんて名だ？」

「湯浅真《ゆあさまこと》だよ」

「おれを尾けただけじゃなさそうだな。大多和に言われて、ほかにも何かやったんじゃないのかっ」

「それは……」

「答えになってないな」

加納は一歩退《さ》がって、湯浅の腰に蹴りを入れた。また湯浅が呻いた。

その直後、初老の男が通りかかった。

「あんた、何をしてるんだっ。暴力はいかんよ。一一〇番するぞ」

「職務の邪魔をしないでほしいな」

加納は懐から警察手帳を取り出し、六十三、四歳の通行人に見せた。

「おたく、刑事さんだったのか。ずいぶん荒っぽいことをやるんだね」

「被疑者は物騒な物を所持してる。発砲する恐れがあるから、遠ざかってください」

「えっ」

通行人は身を竦《すく》ませ、小走りに去った。

「大多和に頼まれたことがあるな？」

「去年の夏に死んだ練馬の資産家の三人の子供を事故に見せかけて殺してくれと頼まれたんだが、成功報酬は三人分でたったの五百万だったし、チャンスもなかったんだよ」

「その資産家というのは、牛尾利夫のことだな」

加納は確かめた。

「大多和さんは、その牛尾の実の妹とデキてるんで……」

「牛尾の三人の子供を亡き者にして、彼女の日下輝子に亡兄の遺産がそっくり入るようにしてやりたかったんだろう」

「そういうことだよ。大多和さんは愛人のおばさんに遺産が入ったら、その三分の一を貰うことになってたみたいだな」

「日下輝子が彼氏の大多和と共謀して、実兄を病死に見せかけて殺したとも考えられるな。そっちは、小峰亜由って三十代前半の女のことを大多和から聞いたことがあるんじゃないのか？」

「いや、聞いた覚えはねえよ」

湯浅が答えた。

「本当だなっ」

「嘘じゃねえって。大多和さんがその女を使って牛尾利夫を殺《や》ったんなら、殺人教唆で起訴されるな。それから、愛人《レコ》のおばさんもよ」

「そっちは牛尾の三人の子供を始末しようとしたんだから、殺人未遂容疑で逮捕《パク》られるだろう」

「ちょっと待ってくれ。おれは牛尾健太たち三人の行動パターンを調べ上げただけで、まだ誰も手に掛けてなかったんだ。殺人未遂には当たらないんじゃねえの？」

「それは警察と検察が判断する。大多和に余計なことを喋ったら、そっちの罪は重くなるぞ」

加納は湯浅の脇腹に強烈なキックを入れ、大通りに戻った。

ランドローバーに乗り込み、三原刑事部長に電話をかける。ツーコールで電話は繋がった。

加納は経過をつぶさに報告した。

「直属の部下たちに大多和、日下輝子、龍昇会の湯浅に任意同行《ニンドウ》をかけさせ、三人を取り調べさせよう」

「お願いします」

「直属の者たちに小峰亜由のことを調べさせたよ。その報告が上がってきたんで、加納君に連絡しようと思ってたんだよ。ちょうどよかった」

「報告の内容を教えていただけますか」

「小峰亜由は高校卒業まで北海道の小樽《おたる》市にいて、その後、札幌《さっぽろ》の短大に進んだ。実家は水産物加工会社を経営してたんで、割に裕福だったらしい。二人の姉とは九つと六つ離れてるんで、姉さんたちと一緒に遊ぶことは少なかったようだ。父親は末娘の亜由を猫かわいがりして、なんでも買い与えていたらしい。そんなことで、亜由はわがままな性格で、贅沢《ぜいたく》好きになったようだな」

「短大を出てからは？」

「札幌の老舗《しにせ》デパートのエレベーターガールになったんだが、給料は安かったみたいだね。亜由は二年弱で退職し、家族の反対を押し切って上京したんだ。それで、日暮里《にっぽり》にある製菓会社に就職したんだよ。上京してＯＬになっても、給与はそれほど貰えなかった。会社の独身寮暮らしが惨《みじ》めに思えたからか、亜由は二代目社長の契約愛人になったんだ。創業者の長男である二代目は、すでに六十二歳だったそうだよ」

「二代目社長が亜由を口説《くど》いたんですかね」

「部下の調べでは、亜由のほうが二代目社長を誘惑したようだな。亜由は湯島《ゆしま》のマンションを借りてもらって、愛人生活に入った。しかし、初めっから期限は三年間と申し渡してたという話だったよ。亜由はブティックの開業資金を工面《くめん》するため、愛人になったようなんだ」

「月々の手当は、どのくらいだったんです？」

「家賃は別にして、パトロンから毎月二百万を現金で貰ってたらしい」

「二百万円も⁉」

「亜由はパトロンを性的に充分に満足させてやってたんだろう。いまは七十過ぎの二代目社長は、亜由の体と性技はスーパー級のAランクだったと述懐してたってさ。男を蕩《とろ》かす女なんだろうね」

「そうなんでしょう。それで、三年の契約が切れてからはブティック経営に乗り出したんですか？」

「そう。予定通り、青山《あおやま》のキラー通りにブティックをオープンさせたんだ。しかし、採算を度外視した商売をしてたんで、店は一年半で潰れてしまったんだよ。その後は定職に就いてないんだが、都内の高級賃貸マンションを転々としながら、優雅な暮らしをつづけてるということだったな」

「生活費は、どうやって得てたんでしょう？」

「契約愛人をやりながら、リッチな生活をしてきたんだろうな。それで、そのパトロンと縁が切れると、転居して新しい男を見つけてたんじゃないのか。気前のいいパトロンに出会えないときは、掛け持ちで金持ちの男たちのベッドパートナーを務めてたんだろうね。逞《たく》しいな、亜由は」

三原が呆《あき》れた声で言って、吐息をついた。

「亜由が高級売春クラブに所属してたことは？」

「部下の話では、それはなかったようだ。ただ、亜由は製菓会社の二代目社長の契約愛人のころから結婚情報会社のホームページをよく覗いてたそうだよ」

「ブティックを開くことが当時の夢だったんでしょうから、そんなに結婚願望が強いとは思えないな」

　加納は低く呟いた。

「昔のパトロンの証言だと、亜由はシニア向けのサイトをよく見てたらしいんだ。彼女自身は、まだシニアじゃない。年配の男性が単に好きだということではなく、パトロンになってくれそうな人間を探してたんじゃないだろうか」

「そして、シニア向けのお見合いパーティー会場に出かけ、めぼしい高齢男性に色目を使って……」

「逆ナンパしてたのか。それは考えられるな。妻に先立たれたにしろ、離婚したにしろ、中高年の独身男はたいてい味気ない生活をしてると思われる。色気のある女に誘惑されたら、冷淡な接し方はできなくなるにちがいない」

「でしょうね」

「製菓会社の二代目社長の話だと、亜由は料理も上手なんだってさ。家庭料理だけじゃなく、本格的な西洋料理も作れるらしいよ。性的な魅力があって、うまいもんを食べさせてくれる女が側にいてくれたらと願う男は多いんじゃないのか」

「ええ、多分。いま、亜由に特定のパトロンはいないんじゃないんですか。それだから、去年の一月ごろから牛尾利夫の家に通い、その後は白金台の門脇邸に行くようになったんでしょう。亜由は資産のある独居老人に結婚話をちらつかせて、支度金の名目で数百万、数千万円の金を出させてるんじゃないでしょうか。金額が少ないときは、こっそりと現金、美術工芸品、陶器なんかを盗み出してたのかもしれません」

「通いのお手伝いさんが雇い主の家の現金や美術工芸品を盗るとは思えないから、小峰亜由が怪しいね。亜由は金持ちの独り暮らしの高齢男性をカモにして、結婚詐欺《ギ》を働いてるんだろう」

「その疑いは濃いですね」

「金品を騙《だま》し取った上にカモを病死に見せかけて殺害してたんなら、毒婦だな」

「毒婦とは古めかしい言い方ですね」

「悪女、妖婦と言うべきだったか。おっと、いけない！　肝心なことを言い忘れるところだったよ」

「部下の方が新情報を摑んでくれたようですね」

「二年半前、亜由は介護ヘルパーと称して千葉県船橋《ふなばし》市の仙名武雄《せんなたけお》という元ガソリンスタンド経営者の世話をしてたそうなんだ。高齢者の仙名氏は資産を持ってるんだが、独身を貫《つらぬ》いてきたんだよ」

「ゲイなんですかね」

「そうじゃないんだが、若いころに悪い女に引っかかって、貸した大金を踏み倒されたらしいんだよ。それから美人局《つつもたせ》に嵌められて、やくざに買ったばかりの高級外車をたった一万円で譲渡させられたんだそうだ」

「そんな苦い思いをさせられたんで、仙名さんは女性不信に陥《おちい》って結婚する気になれなかったわけですか」

「そうなんだろうな。しかし、仙名さんはなぜか亜由をすんなり自宅に迎え入れるようになって、身内みたいに扱ってたという話だったよ」

三原がいったん言葉を切って、言い重ねた。

「仙名さんは亜由が出入りするまでは服装に頓着《とんちやく》しなかったし、無精髭《ぶしようひげ》も生やしっ放しだったそうだ。それが急に身綺麗にして、コロンもつけるようになったらしいんだよ。当時、七十八歳なのに、流行のレザージャケットを派手なTシャツの上に羽織って、ベンツのスポーツカーも購入したそうだ」

「スポーツカーの助手席には、亜由を乗せてたんじゃないですか？」

「そうなんだってさ。近所の人の話では、まるで二人は恋人同士みたいだったらしいよ」

「亜由は色気を振り撒《ま》いて、仙名さんの欲望をそそったんでしょう。もしかしたら、性感マッサージでもしてやって、オーラル・セックスで〝男〟を取り戻させてやったのかもしれませんよ」

「考えられるね。男性機能がほとんど働かなくなった老齢者たちは蘇ったとき、子供のように喜ぶそうだからな」

「亜由は頃合を計って、仙名さんに逆プロポーズしたんでしょうか？」

「そうかもしれないが、仙名さんは近所の者に亜由を養女にしたいんだと打ち明けたそうなんだ。本当は亜由と結婚したかったのかもしれないが、世間体を考えて養女にする気になったんだろうな」

「そうなんでしょうね」

「その翌月あたりから、仙名さんの銀行印や実印を亜由が預かるようになったらしいんだ。それから二カ月後、近くの神社の石段から仙名さんは転げ落ちて死んでしまったんだ。首の骨を折ってしまったんで、即死だったそうだよ。仙名さんは早朝の散歩の途中、必ず神社に詣《もう》でてたらしい」

「死んだときは、ひとりで散歩に出たんですか？」

「そうらしい。船橋署は仙名さんが高齢なんで足を踏み外したんだろうという見方をしたんで、行政解剖には回さなかったそうだ」

「転落の場面は誰も目撃してないわけですから、行政解剖をすべきだったと思いますがね」

「わたしも個人的にはそう思うが、千葉県警の判断に文句をつける立場にないからな。それはそれとして、その半月前に三回に分けて仙名武雄さんの銀行口座から計一千六百万円が引き出されてたんだ。亜由は、仙名さん直筆の委任状を持参したそうだよ。だから、銀行は警察に通報はしなかったらしいんだ」

「仙名さんの散歩コースを知ってた小峰亜由が境内《けいだい》に潜んでて……」

「亜由が仙名さんを石段から突き落とした疑いはあるね。殺す前に引き出した一千六百万を着服したかった。それが犯行動機と疑えるんだが、物的な証拠はない」

「そうですね。状況証拠では亜由は限りなくクロに近い灰色ですが、おれたちだけでは動きようがありません」

「警視総監経由で警察庁に働きかけてもらって、千葉県警に仙名武雄さんの死を調べ直してもらってもいいが……」

「厄介な手続きを踏まなければならないでしょうから、こっちがなんとか亜由の尻尾を摑みますよ。これから、『ビラクレール神宮前』に向かいます」

加納は電話を切ると、ランドローバーを走らせはじめた。

2

いつになくブラックコーヒーが苦い。

気分のせいだろう。うまくなかった。

加納は自己分析して、マグカップを食卓に置いた。用賀の自宅である。

昨夜、加納は小金井から亜由の自宅マンションに回った。だが、捜査対象者は留守だった。

加納は白金台の門脇宅に行ってみた。しかし、そこにも亜由はいないようだった。加納は『ビラクレール神宮前』に引き返し、三〇三号室のインターフォンを鳴らしてみた。だが、応答はなかった。

居留守を使っている気配はうかがえなかった。現に、亜由の部屋は真っ暗だった。

加納は車の中で、亜由が帰宅するのを待った。日付が変わり、午前三時になっても謎を秘めた女は自宅に戻らなかった。

加納は徒労感を抱えながら、自分の塒《ねぐら》に戻った。寝室に直行し、泥のように眠った。

救急車のサイレンで眠りを突き破られたのは正午過ぎだった。加納はシャワーを浴び、食事を摂った。間もなく一時半になる。

加納は煙草をくわえた。

ゆったりと紫煙をくゆらせる。一服し終えたとき、ダイニングテーブルの上に置いた刑事用携帯電話が着信ランプを瞬《また》かせた。ポリスモードを取る。発信者は三原刑事部長だった。

「任意で引っ張った日下輝子、大多和直紀、湯浅真の取り調べが終わった。直属の部下たちが粘って、牛尾利夫の妹の輝子が彼氏の大多和と謀《はか》り、湯浅に殺人依頼したことを吐かせてくれたよ」

「そうですか。湯浅の供述に嘘はなかったわけですね？」

「ああ。日下輝子は湯浅に兄の三人の子供を始末させ、莫大な遺産を独り占めにする気だったらしい。二人の息子と娘には子がいなかったんで、相続権のあるのは自分だけになるからね。輝子は兄の子供たちを相手取って裁判を起こしたが、勝ち目がないことはわかってたらしい」

「でしょうね。たとえ実兄の直筆の遺言状があっても、二人の息子と娘に遺留分がありますから」

「そうだね。『日下交易』は負債だらけだったらしい。大多和も、たいした収入はなかったそうだよ。で、二人は牛尾利夫の遺産を狙う気になったんだろう」

「人間って浅ましいな。六十代、七十代になっても金銭欲に駆られて、悪事を企む。なんだか哀《かな》しいですね」

「どちらもサラリーマンや公務員と違って、退職金や老後喰えるだけの年金を得られるわけじゃない。貯《たくわ》えがたっぷりなければ、自営業者は老後の不安を拭うことはできないんだろう」

「そうなのかもしれません。われわれは停年まで働けば、退職金と年金で老後も喰っていけます。贅沢は望めませんが、自営業者や自由業の人たちよりも生活の不安は少ない」

「そうだね。それだけでも、ありがたいと思わないとな。といって、日下輝子や大多和に同情する気持ちにはならないが……」

「こっちも同じです。刑事部長、二人のどちらかと小峰亜由には繋がりがありました?」

加納は訊いた。

「どちらにも接点はなかったそうだ。輝子か大多和が亜由を牛尾利夫に接近させた疑いは消えたね」

「ええ。湯浅真と亜由も、結びついていなかったんですか?」

「そうなんだ。龍昇会の会長をはじめ下部組織の組長たちは、小峰亜由とは一面識もないようだ。龍昇会笹森組《ささもりぐみ》の組長は昔、大多和の舎弟分だったんで湯浅に汚れ役を押しつけただけだろう」

「そうなんでしょうね。刑事部長、日下輝子と大多和直紀が美人弁護士殺しに関与してる疑いはどうだったんでしょう？」

「部下たちは、その点について追及してくれたんだ。しかし、本部事件には絡んでないという心証を得たとの報告を受けたよ」

「そうですか」

「輝子と大多和は殺人教唆容疑で近く地検に送致され、身柄を東京拘置所に移されるだろう。それから湯浅と龍昇会笹森組の組長も、しかるべき罪を負わされるだろうな。小峰亜由はなかなか尻尾を摑ませないが、もう少し頑張ってくれないか。頼むぞ」

三原が通話を切り上げた。

加納は刑事用携帯電話《ポリスモード》を耳から離した。十数分後、今度は堂副総監から電話があった。

「刑事部長から仙名武雄の死について聞いたよ。きみは、小峰亜由が仙名を神社の石段から突き落として死なせたと睨んでるようだな？」

「ええ、仙名さんが亡くなる前に亜由が代理で一千六百万円の預金を引き出してることが気になるんですよ。仙名さんの委任状と銀行印を持参して亜由は銀行の窓口で手続きをしてますんで、無断で預金を引き出したんではないはずですがね」

「それはそうだろうな」

「しかし、その現金は仙名宅になかったようです。一千六百万円は亜由が預かったままなんでしょう。そうしたことを考えると、亜由が仙名武雄さんを石段から転落させたと疑えるんですよね」

「確かに疑わしいが、なぜ亜由は仙名武雄を始末する気になったんだろうか」

「仙名さんは本気で亜由を養女にする気でいたんでしょう。いろいろ買ってくれたでしょうが、結婚の仕度金として大きな金額を詐取できないと判断し、亜由は一千六百万円をうまく口座から引き出してカモから逃げる気になったんではありませんか」

「なるほど。ただ仙名武雄から遠のくだけでは、自分の身が危うくなる。独居老人は自分が巧みに騙されていたことに気づいたら、調査会社に小峰亜由のことを調べさせるだろうからな」

「そうするでしょうね」

「居所を突きとめられたら、亜由は詐欺罪で捕まることになる。それだから、仙名武雄を転落死を装って片づけたか。そうだったのかもしれないな。亜由は去年の夏、牛尾利夫を病死に見せかけて死なせた疑いもある。同じ手を使ったら、どうしても自分が怪しまれてしまう」

「そうですね。で、別の手口で牛尾さんを殺害したと疑えます。亜由は牛尾利夫を性的に興奮させて、ショック死させたのかもしれません」

加納は推測を語った。

「わざと腹上死させたのかね」

「おそらく、そうだったんでしょう。練馬の資産家は肥大型心筋症という持病を抱えていました。健康な体なら耐えられるショックも、かなりこたえるはずです」

「そうだろうね。極度に昂まった瞬間に驚かせれば、心筋梗塞を招くだろう。しかし、行政解剖の所見では不審な点はなかったんだ。殺人の確証を得ることは困難だろうな」

「難しいでしょうね。亜由が監察医を色気と金で抱き込んで、偽の所見を出させたとは考えられませんか？」

「それは考えられないと思う。東京都監察医務院のドクターは、性欲を持て余してる若者じゃないんだ。色仕掛けには引っかからないだろう」

「でしょうね。亜由は証拠が残らない方法で、牛尾さんにショックを与えたようだな。そして、男の共犯者に死体を浴室に運ばせ、湯船に沈めさせたんでしょう」

「お湯の温度を同じに保っていれば、遺体の体温は急激には下がらないと思われる。しかしね、心臓が停止してるわけだから、全身に血は巡ってない。体の表面は温もりがあっても、内臓は冷えているだろう。検視官は当然、故人の直腸に体温計を挿入してるはずだ」

「ええ」

「死体を湯で温めつづけていれば、死亡推定時刻を誤らせることは可能なんだろうか」

「医学的な知識があるわけではないんで断言はできませんが、そういうトリックで死亡推定時刻を数時間誤認させることは可能なのではないでしょうか」

「そうだろうか。刑事部長の直属の部下に鑑識課検視官室から当該検案書を取り寄せさせ、牛尾利夫の検視時の体温をチェックしてみよう。後で三原刑事部長に連絡させるよ」

「お願いします」

「それからね、立浪警視総監は警察庁を通じて千葉県警から仙名武雄の関係調書を取り寄せてもかまわないとおっしゃってた。千葉県警は神奈川県警ほど警視庁《うち》にライバル心を燃やしてないから、すんなりと協力してくれるだろう」

「そうですが、場合によっては所轄署の初動にミスがあったことを明らかにしてしまうでしょう。そんなことになったら、千葉県警のイメージダウンになりますよね」

「そうか、そうだな」

「そう遠くない日に小峰亜由の化けの皮を剝いでやりますよ。もう少しだけ待ってください」

加納は電話を切った。汚れた食器を手早く洗い、寝室で着替えをする。

ほどなく加納は家を出た。特別仕様の覆面パトカーに乗り込み、原宿方面に向かう。

『ビラクレール神宮前』に着いたのは二十数分後だった。

加納は車をマンションから少し離れた路上に駐め、運転席から出た。大股で進み、『ビラクレール神宮前』の集合インターフォンの前で足を止める。

加納は303とテンキーを押すと、アプローチ横の植え込みの中に走り入った。

「どなたでしょう？」

スピーカーから、女性の声が流れてきた。亜由の声だろう。当然ながら、加納は口を結んだままだった。

「小峰ですけど、どちらさまですか？」

「…………」

「やだ、ピンポン・ダッシュみたいね」

呟き声が熄《や》んだ。これで、小峰亜由が自宅にいることはわかった。

加納はほくそ笑んで、足早に車に戻った。フロントガラス越しに、『ビラクレール神宮前』の地下駐車場の出入口に視線を注ぐ。シャッターは下りていた。

夕方まで亜由が外出しないようだったら、加納はマンションの地下駐車場に忍び込むつもりだ。

シャッターの近くに身を潜めていて、居住者の車がスロープを上がってくるのを待つ。その車が建物の外に出たら、オートシャッターがゆっくりと下りてくるはずだ。

そうしたら、シャッターの真下に小石を素早く置く。いったん下りたシャッターは、ふたたび上昇しはじめる。

その隙にマンション内に侵入するわけだ。これまでに加納はそういう手を使って、捜査対象者のマンションの地下駐車場に何回も忍び込んでいた。

ほとんどのマンションの地下駐車場には、防犯カメラが設置されている。侵入者の姿も録画されることになるが、加納は現職の警察官だ。常駐の管理人か居住者に訝《いぶか》しく思われても、言い訳は通用するだろう。

三原刑事部長から電話があったのは、午後三時二十分ごろだった。

「堂副総監から指示された件だが、検視官室に保管されてた牛尾利夫のファイルには検視時の直腸体温は三十一度と記入されてたそうだよ」

「生きている人間が湯船にずっと浸かってたとしたら、体温はもっと高くなってるはずですね」

「そうだな。すでに息絶えてた牛尾利夫を熱い湯の中に首まで浸からせたんで、血の流れは止まっていても、三十一度の体温は保たれていたんだろうか」

「そうなのかもしれませんが、顔の部分は湯に浸かっていたわけじゃないでしょ？　顔から血の気が引いてたら、担当検視官は変だなと思うんではありませんか」

「わたしの部下もそう思ったんで、その点を担当検視官に訊くつもりだったが、あいにく検視官たちは室長を含めて臨場中だったらしい。留守番の心得《こころえ》がひとりいたというんだが、まだアシスタントだから、正確なことはわからないと答えたそうだ」

「そうですか」

「検視官の数が慢性的に足りない。全国で現在も五百人にも満たないからね。他殺の場合は検視に時間をかけるだろうが、病死や事故死のときはつい検視がラフになってしまうんじゃないのかね。とにかく、検視官たちは一日に何カ所にも出向いてる状態だからな」

「時間に追われてれば、遺体の検分が大雑把《おおざっぱ》になるかもしれません。それで、検視官は牛尾利夫の顔色や死斑《しはん》の有無《うむ》をざっとチェックした。体温の数字に引きずられて、おおよその死亡推定時刻を導き出したとも考えられます」

「担当検視官にそのあたりのことを問い質しても、自分のミスは認めんだろうな」

「でしょうね」

「加納君が推測したことは、おおむね正しいのではないか。小峰亜由が牛尾利夫を異常なほど興奮させて、何らかの方法で心臓にショックを与えて死なせたんだろう。その後、共犯の男に遺体を浴室に運ばせ、沸《わ》いた湯の中に坐位で沈めたんだろうな。ただ、どんな方法で急性心不全を誘発させたかだ。そいつが見えてこない」

「そうですね。遺体に外傷はなく、皮膚の変色もなかったんでしょ？」

「そうなんだよ」

「亜由が何らかの手段で、牛尾さんをショック死させた疑いは大ありなんですが……」

「そう焦ることはないさ。きみは、これまで回り道をしても必ず担当事案を解決してきたんだ。じっくり腰を据えて、真相を暴いてくれないか」

「ベストを尽くします」

加納はポリスモードを上着の内ポケットに突っ込み、背凭れを傾けた。

それから数十分が流れたころ、脳裏に検察事務官の薬丸未樹の顔が浮かんで消えた。未樹は、美人弁護士殺害事件の弔い捜査を本当にやめてくれただろうか。

門脇宅の前で怖い思いをしているが、それで懲《こ》りたかは疑問だ。未樹は捜査員ではないが、仕事柄、犯罪を憎む気持ちは強いにちがいない。自分に覚《さと》られないよう細心の注意を払いながら、密かに小峰亜由の周辺を嗅ぎ回っているのではないか。

加納は、ルームミラーとドアミラーを交互に見た。未樹の姿は目に留まらなかった。ひと安心して、加納は張り込みを続行した。

『ビラクレール神宮前』の地下駐車場から真紅のアルファロメオが走り出てきたのは、午後五時十数分前だった。

ステアリングを握った亜由は、サンドベージュのスーツを身にまとっている。近くのスーパーマーケットに出かけるのではなさそうだ。誰かと会うことになっているのかもしれない。加納はイタリア車が遠のいてから、ランドローバーを走らせはじめた。

アルファロメオは表参道にぶつかると、左折して青山通りに向かった。加納は慎重に尾けた。

亜由の車は青山通りを突っ切り、そのまま道なりに走った。根津《ねづ》美術館の少し手前にあるイタリアン・レストランの専用駐車場に滑り込むと、すぐに運転席から出た。

加納はイタリアン・レストランの隣のカフェの前の路肩に車を寄せた。

亜由がイタリアン・レストランに入っていった。腰を振るような歩き方だった。待ち合わせをしているのは、交際中の男なのか。

加納は変装用の黒縁眼鏡をかけ、前髪を垂らした。ランドローバーを降りる。

加納はさりげない足取りで、イタリアン・レストランに入った。亜由は、左手のテーブル席についていた。意外にも、向き合っているのは二十四、五歳の美女だった。

亜由の真後ろの席は空いていた。

加納は、その席に落ち着いた。亜由とは、背中合わせになる形だった。ウェイターがオーダーを取りに来た。

加納は、カプチーノとラザニアを注文した。

「ラザニアを先にお持ちすれば、よろしいんですね？」

「そうしてくれないか」

「かしこまりました。少々、お待ちください」

ウェイターが下がった。加納は懐から手帳を取り出し、ゆっくりと頁《ページ》を繰りはじめた。

そうしながら、亜由たちの会話を盗み聴く。

「川瀬《かわせ》、最近、ぐっと色っぽくなったね」

「そうですか。小峰さんには、とてもかないませんよ。小峰さんの流し目、同性のわたしでもぞくりとしますもん」

「そう？」

「どうしたら、そんなに色香を漂わせることができるのかな？　劇団研究生のころ、演出家の先生が科《しな》の作り方や恥じらい方を教えてくれたんですけど、どうしてもわざとらしくなっちゃうんですよ」

「たくさん恋愛してるうちに、自然と女っぽさやセクシーさが滲《にじ》み出てくるわよ」

「女優の卵時代はアルバイトと稽古に追われてたんで、恋愛する暇がなかったですよ。街でよくナンパされたけど、いっつも時間に追いかけられてたから、どんな相手とも長くつき合えなかったの」

「女優として大成したいと思ったら、何かを捨てないとね」

「わたし、恋愛は後回しにして全力で頑張ったんですよ。でも、劇団の公演やテレビドラマでも端役《はやく》しか貰えませんでした」

「友希《ゆき》ちゃんは器量がよすぎるのよ。顔の造作が整ってる分、冷たい印象を与えちゃうんじゃない？　あなたは美人すぎるから」

「テレビ局のプロデューサーや映画関係者にも、同じことをよく言われました。もっと個性的な面立《おもだ》ちなら、大きく羽ばたけるのにとかね」

友希と呼ばれた女が溜息をついて、何か飲んだ。会話が中断したとき、テーブルにラザニアが届けられた。

加納はラザニアを食べながら、聞き耳を立てた。

「子供のころからの夢を摑めなかったのは悔しいだろうけど、枕営業して準主役を得られても、どうせ後がつづかないでしょ？　映画界の大物やテレビプロデューサーに体を提供しても、飽きられたら、それで終わりだわ」

「そうなんですよね。劇団の先輩女優が何人か体で映画出演のチャンスを摑んだり、連続ドラマにレギュラー出演したんですけど、数年後には芸能界から消えちゃったんです。そういうのも惨めだと思ったんで、わたしは夢を諦めることにしたわけです」

「人生、諦めも大切なんじゃない？　わたしはそう思うな。たった一度の人生なんだから、うーんと愉《たの》しく生きるべきよ」

「貧乏は、もうたくさんです。いまの仕事はお金がたくさん得られるし、いろんな役を演じられるでしょ？　娘になったり、孫になったりね。依頼人の本当の家族にはなれないけど、喜んでもらえます」

「ええ、そうね」

「社長は先見の明がありますよ。核家族時代になって、独り暮らしのお年寄りが増えましたからね。家事の代行サービスの本業だけではなく、レンタル家族派遣業務も請け負うようになったんだから」

「社長は、なかなかのアイディアマンよね。でも、ニュービジネスに乗り出したからって、安心はできないわ」

「どうしてですか？」

「どんな新業種でも儲かると思ったら、異業種の会社が必ず新分野に参入するものよ」

「そうでしょうね。疑似家族の派遣ビジネスも他社に真似されちゃうのかな」

「すでに数社が参入してるわ」

「えっ、そうなんですか⁉　ニュービジネスなんで、当分は真似されないと思ってましたけど」

「ビジネスの世界は、そんなに甘くないわよ。そんなことでね、社長は演技力のあるスタッフや高齢男性に好かれそうな女性派遣員をピックアップして、さらに進化した形の新業務を考えてるの。すでに、わたしはそっちの仕事をメインにしつつあるのよ」

「へえ、そうなんですか。わたし、まったく気づきませんでした」

「大きく稼げる新しい業務だから、社長もベテラン派遣員にしかニュービジネスのことは話してないのよ。内緒なんだけど、実はわたしを含めて十三人のベテランが新業務に力を入れてるの」

「そうなんですか」

「友希ちゃんはまだ若いけど、劇団で芝居の勉強をしたから、新業務の戦力になるんじゃないかな。友希ちゃんなら、合格ね」

「わたしに務まるかしら？」

「あなたなら、大丈夫よ。高齢男性に生き甲斐と若さを取り戻してやるだけで、年収一千五百万以上は稼げるはず。ううん、二千万以上は収入を得られるわね」

「小峰さん、何か危《ヤバ》いことをやらされるんじゃないでしょ？」

「もちろんよ。お年寄りに希望を与えてあげるだけで、自然と高収入が得られる仕組みになってるの」

「なんか興味が出てきたわ」

「もう少し時間を貰えたら、新事業のことを詳しく話すわよ。わたし、六時には白金台の門脇さんのお宅に行かなきゃならないんだけど、それまで時間があるの」

「困ったな。きょうはオフなんで、友達と会う約束をしてしまったんですよ。高校時代のクラスメートなんですけど、年に数回しか会えないんです。だからね、ドタキャンするのはちょっと……」

「先約があるんなら、そっちを優先させたほうがいいわ」

「すみません」

「いいの、いいの。友希ちゃん、何かパスタをオーダーして。あと三十分ぐらいは大丈夫でしょ？　わたしはペンネにしようかな。あなたも、何にするか決めて」

「はい」

友希がメニューを開く気配が伝わってきた。

ラザニアを平らげて間もなく、カプチーノが届けられた。友希から情報を集めるほうがよさそうだ。加納はカプチーノを手前に引き寄せた。

3

先に店を出る。

五時四十分過ぎだった。加納はイタリアン・レストランとカフェの間にたたずんだ。

待つほどもなく、小峰亜由と川瀬友希が店から現われた。

「亜由さん、ご馳走さまでした。近いうちに、ゆっくり話を聞かせてもらいます」

「わかったわ」

亜由が手を振って、アルファロメオに乗り込んだ。友希が一礼し、青山通りに向かって歩きはじめた。急ぎ足だった。

加納は七、八十メートル先で、友希を呼び止めた。

「ちょっといいですか」

「はい？」

友希が立ち止まった。怪訝《けげん》な表情だ。

「オーラを放ってるね」

「失礼ですが、どなたでしょう？」

「あっ、失礼！『ドリーム芸能プロ』の清水《しみず》という者です」

加納は大手芸能プロダクションの社員を装った。

「なんでしょうか？」

「あなた、以前、東都テレビの青春ドラマに出演してたでしょ？」

「いえ、関東テレビのサスペンスドラマに脇役で出たことはありますけど」

「ああ、そうだったね。えーと、お名前は川瀬友希さんだったかな」

「それは本名です。岬美玲《みさきみれい》という芸名で一応、デビューしたんです。だけど、生活できるほどの出演料《ギャラ》はいただけませんでした。掛け持ちでアルバイトをしながら、劇団で演技の勉強をしてたんですよ。それで、いろんなオーディションを受けたんです。でも、エキストラに毛が生えた程度の仕事しか貰えなかったんで、女優になる夢は諦めました」

「もったいないな。きみには華《はな》がある。辛抱すれば、大役を得られると思うよ。それも、大河ドラマのね。いや、運がよければ、映画のヒロインに抜擢《ばってき》されそうだな」

「でも、もう二十五ですんで……」

「まだまだ若いよ。うちの会社に所属して、一、二年チャンスを待ってみない？」

「せっかくのお話ですけど、わたし、いまの仕事に満足してるんですよ。ごめんなさい」

「どんな仕事をしてるの？」

「レンタル家族派遣会社に登録して、子供のいない老夫妻や独居老人宅に出向き、娘役や孫役を演じてるんです。炊事や洗濯をこなして、依頼主と本当の家族のように接すると、一日五万円いただけるんです」

「要するに、家族ごっこをしてるわけか」

「ええ、そうです。疑似家族にすぎませんけど、依頼された方たちはひとりで食事をする侘しさがなくなりますので、仄々《ほのぼの》とした気持ちになられるようです。昔話を聞いてあげるだけで、感謝してくれるんですよ。涙ぐまれるお年寄りもいらっしゃいますね」

友希が誇らしげに言った。

「いまでも下町では近所づき合いがあるようだが、マンションの居住者や邸宅街の人たちはほとんど隣人たちとの交流がなくなってるからな。それでも、独立した子供たちがあまり遠くない所で暮らしていれば、たまに孫を連れて実家に遊びに来るよね。けど、子宝に恵まれなかった老夫婦宅の客は少ないだろう」

「そうらしいんです。独り暮らしをしている七、八十代のお宅にはめったに来客がなく、電話も鳴らないそうですよ。日用雑貨品や食料をスーパーでネット注文されてる方は配達の人と言葉を交わした以外は、一カ月も誰とも喋らなかったなんておっしゃってました」

「だから、人恋しくてレンタル家族の派遣を依頼するんだろうな。面白い新商売が生まれたもんだね。まったく知らなかったよ」

「そうですか」

「なんて会社なの？」

「『ハートフル・サービス』という社名で、オフィスは渋谷区道玄坂《どうげんざか》一丁目にあるんですよ。登録派遣スタッフは三百人近くいます。上は六十六歳の男性から、下は小学二年生の女の子まで登録してますね」

「小学生を働かせちゃ、まずいんじゃないの？」

「孫役を演じる小学生は全員、児童劇団に入ってるんですよ。その子たちは、母親役の派遣スタッフと依頼主の自宅を訪問してるんで、法律には引っかからないそうです」

「派遣先で子供や孫役を演じてる大学生や高校生は、アルバイトなんだろうな」

「ええ、そうです。主婦たちや停年退職した元サラリーマンも登録してます。その方たちは、依頼主の話し相手やカラオケにおつき合いしてるんです」

「そう」

「『ハートフル・サービス』は家事代行を本業にしていたんですけど、いまはレンタル家族派遣業務に比重を置いているんです」

「疑似家族を自宅に派遣してもらってるのは、経済的にかなり余裕のある年配者なんだろうね？」

加納は訊いた。

「依頼主は、たいがい豪邸か億ションで優雅に暮らしてらっしゃいます」

「そうだろうな。依頼主の中には、派遣された女性スタッフにエッチなことを仕掛けてくる爺《じい》さんもいるんじゃないの？」

「たまにいますね。変なことはしないから、一緒にお風呂に入ってくれたら、会社には内緒で十万円のチップをやると耳許で囁《ささや》いたお爺さんもいました。わたしは、笑ってごまかしましたけど」

「中には、いかがわしいオプションを受けちゃう女性もいるんじゃないか」

「いるかもしれませんね。大学生の男の子は七十八歳の女性に全裸を見せてやって、ロレックスの腕時計をプレゼントされたそうです」

「オールヌードを見せただけなのかな。体のあちこちをいじられたんじゃないの？」

「そこまでする依頼人はいないと思いますけど、わたしたちは高収入を得られて、プレゼントもいただくことが多いんです。それに、ふだん孤独感にさいなまれてる方たちに感謝されることが嬉しいんです。自分も少しは他人《ひと》の役に立ってるんだと実感できますので」

「そんなにいまの仕事に充実感を覚えてるんだったら、強引にスカウトしないほうがよさそうだな。きみは大女優になれる器《うつわ》と感じたが、絶対にそうしてあげられるとは言い切れないからね」

「わたし、しばらくレンタル家族派遣の仕事をしたいんですよ。せっかくお声をかけていただいたのに、ごめんなさい」

「時間を取らせてしまって、こっちこそ悪かったね」

「いいえ、気にしないでください。わたし、これから友達と会う約束をしているんです。あまり待たせるわけにはいかないんで、これで失礼します」

　友希は深く頭を下げ、走り去った。

　加納は踵《きびす》を返し、ランドローバーに足を向けた。運転席に入り、すぐに『ハートフル・サービス』のホームページを開く。友希の喋った内容に偽りはなかった。五年前に会社は設立され、家事代行サービスを主たる事業としていたようだ。レンタル家族派遣サービス業務に乗り出したのは、およそ三年前と記《しる》してある。

サービス内容によって、疑似家族派遣料金は異《こと》なる。家事のほかに、子女や孫の役をこなした場合は半日で六万円を払わなければならない。

派遣スタッフを午後十一時まで拘束すると、料金は十万円になる。一泊させた場合は十五万円が必要だった。スタッフの交通費は依頼主の負担と明記されている。

どうやら金持ちの高齢者でなければ、〝家族ごっこ〟は愉《たの》しめないようだ。それでも、登録スタッフは三百人近い。ニュービジネスは繁昌しているのだろう。

代表取締役は倉阪博行《くらさかひろゆき》という名で、満四十八歳だった。ホームページには、社長の顔写真とオフィスの一部が掲げられている。

倉阪社長は事業家らしい風貌で、いかにもエネルギッシュな感じだ。口許は緩《ゆる》ませているが、目は笑っていない。

小峰亜由はイタリアン・レストランで、友希を新業務のスタッフに加えたがっていた。その新業務に従事すれば、年収一千五百万円どころか、二千万円も夢ではないと友希をしきりに勧誘していた。

何か特殊な才能がなければ、二十五歳の女性がそれほどの高収入は得られないだろう。『ハートフル・サービス』は何か非合法ビジネスに手を染めているのではないか。亜由は自分を含めて十三人が新業務に携わっていると川瀬友希に語っていた。

亜由たち十三人は結婚を餌にして、派遣先の高齢男性から結納金めいた支度金を騙し取っているのかもしれない。客から養女になってほしいと依頼人に言われた場合は、さまざまな理由で金品をせしめているのではないだろうか。

加納は『ハートフル・サービス』に出入りする派遣スタッフから情報を集める気になった。タブレット端末を閉じ、ランドローバーを発進させる。

目的の会社を探し当てたのは、十五、六分後だった。

京王井《けいおうい》の頭《かしら》線渋谷駅近くの雑居ビルの二階にあった。加納は車を有料立体駐車場に預け、雑居ビルの二階に上がった。

『ハートフル・サービス』の事務所のほか、得体の知れないオフィスが二つあった。加納はエレベーターホールの真横にある階段脇にたたずみ、レンタル家族派遣会社の様子をうかがいはじめた。

二十分ほど経過すると、エレベーターの扉が開いた。

加納は物陰から顔を半分だけ突き出した。片目でエレベーターホールを見る。函《ケージ》から出てきたのは、三十三、四歳の色っぽい女だった。肉感的な肢体で、美しかった。

女はバッグのほかに、ビニールの手提《てさ》げ袋を持っていた。パステルカラーのスーツで着飾っている。

セクシーな女は馴《な》れた足取りで『ハートフル・サービス』に歩み寄り、ノックもせずに事務所の中に入っていった。派遣スタッフのひとりなのか。

加納は、レンタル家族派遣会社に接近する気になった。ちょうどそのとき、『ハートフル・サービス』から二人の若い女性が現われた。事務員風だった。

加納は体を引っ込め、耳に神経を集めた。

女性たちがエレベーターホールにたたずんだ。

「お色気チームのメンバーが会社に顔を出すと、社長はたいてい人払いをするでしょ？」

「そういえば、そうね。三留理沙《みとめりさ》さんのスーツ、シャネルよ。靴もね。小峰さんたち三十代スタッフは、いつも高価な服やアクセサリーを身に着けてる」

「わたしも、そのことが前から気になってたの。倉阪社長は、十三人の三十代女性派遣スタッフに何か特別なサービスをさせてるんじゃない？」

「依頼主のベッドに潜らせてるのかもね。色気たっぷりな彼女たちをさ」

「相手は七、八十代のお爺さんばかりよ。いろいろ愛撫してやっても、肝心なアレが立たないでしょ？」

「わからないわよ。熟女たちの濃厚な口唇愛撫で、しゃんとするんじゃない？」

「やだ、気持ち悪い！　そんな年寄りになったら、枯れてくれないと……」

「何かで成功した男たちは、英雄色《いろ》を好むじゃないけど、だいたい女好きなんだって。だからさ、死ぬまで性欲はあるんじゃないの？」

「そうなのかな」

「小峰さんや三留さんは依頼人の娘や孫の役を演じてるだけじゃなく、ベッドパートナーを務めてるんじゃないのかな。それだから、普通の派遣スタッフよりも稼ぎが多いんじゃないの？」

「そうなのかしらね」

「そうじゃないとしたら、小峰さんたち十三人は社長と他人じゃないのかもよ。どっちでもいいか。人払いのたびに、わたしたち二人は三千円ずつコーヒー代を貰えるわけだから……」

「損はないね」

二人は笑い合って、エレベーターの函《ケージ》に乗り込んだ。

加納は抜き足で『ハートフル・サービス』に近寄り、俗に〝コンクリート・マイク〟と呼ばれている盗聴器セットを上着のポケットから取り出した。レコーダーには、高性能の吸盤型マイクとイヤフォンが接続されている。

加納はレコーダーを上着の胸ポケットに滑り込ませ、左耳にイヤフォンを嵌めた。右手に持ったマイクをスチールドアに当てる。

男女の話し声が耳に流れ込んできた。

——三留さん、これは宋《そう》代の青磁茶壺《せいじちゃつぼ》じゃないか。コレクターなら、二千万でも欲しがるだろうね。でも、まずいな。うっかり流すと、たちまち足がつ
いちゃいそうだ。

——故買屋《こばいや》なら、引き取ってくれるんじゃありません？

——連中には足許を見られて、二、三十万円で買い叩かれるだろう。下手したら、出所のことでこちらが強請られてしまうかもしれない。

——それは困りますね。

——三留さん、今回は定岡《さだおか》邸から持ち出した陶器を家政婦さんに気づかれないようにして、元の場所に戻しておいてくれないか。

——わかりました。わたし、無駄骨を折っただけなのね。ひやひやしながら、そっと持ち出したのに。

——がっかりしたろうが、無理は禁物だよ。それより仕手戦で財を築いた定岡蔵三《くらぞう》さんは孫娘役を演じたきみを気に入って、四人目の妻に迎えたいと求婚したんだったよな？

——ええ。中折れで終わってしまったけど、十年ぶりに結合できたときにプロポーズさ

れたんですよ。

──そういう話だったね。で、定岡さんはきみに三千万円の現金をくれて、好きな物を買えと言ったんだったな。

──そうなんですけど、その後、わたしがあらゆる方法で興奮させようと試《こころ》みたのに……。

──半立ちにもならなくなってしまったんだっけ？

──そうなんですよ。バイアグラを服《の》ませて、ふやけるぐらいにしゃぶってやったの。それから、男性自身を交互に温めたり冷やしたりして、お尻《しり》に指を入れて前立腺を刺激しても……。

──うなだれたままか。

──ええ。それだからか、お金を出し渋るようになったの。それで、中国の陶器を持ち出して、お金に換えようと思ったんですけどね。

──定岡さんは、もうじき八十九だからな。けど、小峰さんは九十歳の爺さんを蘇らせたことがある。三留さんももう少し努力すれば、定岡さんはまた金を出すかもしれないよ。諦めないで、しばらく頑張ってみてくれないか。しっかり勃起させてやれば、あと一億ぐらいは出しそうじゃないか。伝説の仕手屋だったんだから、腐るほど銭《ぜに》は持ってるんだろう。

――そうなんでしょうけどね。

――小峰さんに若い女性スタッフの引き抜きを頼んであるから、そのうちピチピチのメンバーが加わると思うよ。場合によっては、若手とタッグを組んで3Pで役に立つようにしてもいいな。

――そうね。とりあえず、この青磁茶壺は返しておきます。

――悪いが、そうしてもらえないか。

会話が中断した。

加納は〝コンクリート・マイク〟を手早く上着のポケットに戻し、レンタル家族派遣会社から離れた。白金台の門脇宅に行く前に、少し三留理沙の動きを探ってみることにした。

加納は階段を駆け降り、雑居ビルから有料立体駐車場に向かった。

4

長くは待たされなかった。

十分ほど待つと、雑居ビルから三留理沙が現われた。手提げ袋を持っている。

加納はランドローバーのエンジンを始動させた。車は雑居ビルの斜め前の暗がりに寄せてあった。

理沙は飲食店が連なる裏通りをたどって、道玄坂の向こう側に渡った。横断歩道の近くに立ち、目でタクシーを探している。

加納は車を左折させ、坂の上でUターンした。道玄坂をゆっくりと下っていると、理沙がタクシーに乗り込んだ。

加納は、理沙を乗せた黒いタクシーを追尾しはじめた。タクシーは渋谷駅前のスクランブル交差点を通過し、明治通りを左に折れた。原宿方面に向かっている。

派遣先の定岡宅は、代々木あたりにあるのか。加納は尾行しつづけた。

タクシーが停まったのはＪＲ新宿駅南口の階段下だった。いつの間にか、理沙は濃いサングラスで目許を覆っていた。

タクシーを降りると、彼女は近くにあるポルノグッズの店に入った。いわゆる大人の玩《おも》具《ちゃ》の店だ。各種の性具や穴あきパンティーなどが売られている。

加納は車を路肩に寄せ、運転席を出た。例によって通行人を装い、ポルノグッズの店の前を行き来する。理沙は五十代後半の女性従業員と話し込んでいた。ショーケースの上には、筒状の男性用バイブレーターや強壮《きようそう》クリームの箱が置かれている。

理沙はそれらをすべて購入し、さらにセクシーなランジェリーも買った。なんとか定岡蔵三を勃起させ、まとまった金を引き出したいのだろう。

加納は車の中に駆け戻った。

ポルノグッズ店から出てきた理沙は、すぐにタクシーを捕まえた。そのタクシーを追う。タクシーは三十数分走り、世田谷区成城《せいじよう》の邸宅街に入った。どうやら定岡宅は、近くにあるらしい。

豪邸の前に二台のパトカーが停まっている。

その少し手前でタクシーを降りた理沙は、パトカーのそばまで走った。加納はパワーウインドーを下げた。すると、豪壮な邸宅から両腕を制服警官に取られた六十年配の女性が出てきた。小太りで、背が低い。

「わたしは青磁の茶壺なんか盗んでませんよ。お巡りさん、信じてください」

「署で詳しい話を聞かせてもらうだけです」

「何度も説明しましたけど、わたしは八年も定岡さんのお宅に家政婦として通わせてもらってるんです。価値のある宋代の陶器を盗んだりしませんって」

「あなたを窃盗容疑で緊急逮捕したわけじゃないんです。だから、そう興奮しないで」

中年の巡査部長がなだめた。

「でも、旦那さんはわたしを疑ってるんでしょ？」

「ええ、まあ。いや、それは……」

「定岡さんには誠実に尽くしたのに、疑われるのは悲しいわ。悔しいですよ」

「梅宮《うめみや》さん、われわれはあなたに任意同行を求めただけなんです」

「任意だったら、同行を拒めるんでしょ？」

「そうなんですが、ひとつ協力してもらえませんかね。お願いしますよ」

「いやです！　わたしは泥棒なんかしてないんですから、成城署になんか行きたくないわ」

梅宮と呼ばれた家政婦がしゃがみ込んで、泣きじゃくりはじめた。制服警官たちが顔を見合わせ、ほぼ同時に肩を落とした。

理沙が体を反転させ、足早に歩いてくる。

加納はランドローバーの助手席のドアを押し開けた。理沙が足を止め、車内を覗き込んだ。

「窃盗で手錠《ワッパ》打たれたくなかったら、乗るんだね」

「な、何をおっしゃってるんです⁉」

「ばっくれても、意味ないぞ。そっちが定岡宅から無断で宋代の青磁茶壺を持ち出したことはわかってるんだ」

「えっ」

「おれは警察と相性がよくないんだよ」

「あなた、何者なの？」

「もたもたしてると、成城署のお巡りに職務質問されるよ」

加納は決断を迫った。理沙が手提げ袋と黒いビニール袋を胸に抱え込み、急いで助手席に坐った。

加納は車を走らせはじめた。数百メートルでランドローバーをガードレールに寄せる。

成城六丁目の閑静な住宅街だった。

「手提げ袋の中には宋時代に焼かれたレアな茶壺が入ってる。黒いビニール袋の中身は、性具とセクシーなランジェリーだろ？」

「あなた、わたしを尾行してたのね。そうなんでしょ?」

「その通りだ。そっちは三留理沙という名で、『ハートフル・サービス』の登録スタッフだよな。仕手戦の神様と呼ばれた定岡蔵三の疑似家族として派遣されて孫娘役を演じて、そのうち性的サービスもするようになった」

「な、何者なの⁉」

「もう少し喋らせろって。そっちは性的にとうに枯れてた依頼人を蘇らせてやり、とても気に入られた。そして求婚されて、結納金代わりに三千万円の現金を貰った。ブランド物の服やバッグもプレゼントされたんだろうな」

「………」

「いったん〝男〟を取り戻した八十八歳の定岡は、また勃起しなくなった。そっちは結婚を餌にして、元仕手戦屋からもっと金を引っ張ろうと考えてたのに、カモは急に渋くなった。で、仕方なく青磁茶壺をくすねて金にしようとした。しかし、倉阪社長に足がつきそうだと言われたんで、かっぱらった中国の陶器をこっそりと元の場所に戻そうとしたんだよな。それで、定岡宅を訪れた。と、通いの梅宮という家政婦が茶壺を盗んだと疑われ、所轄署に連れていかれそうになってた。どこか違うか?」

「わたしには、まるで覚えがないわ」

「しぶといな」

「本当に身に覚えがないのよっ」

理沙が語気を強めた。加納は口の端を歪め、手提げ袋を引ったくった。中身を抜き出す。

青磁の茶壺はラバーシートにくるまれていた。理沙が溜息をついた。

「これを持って成城署に行くか。警察に点数を稼がせるのは癪《しゃく》だが、そっちはシラを切りつづける気らしいからな」

「わたしの負けだわ」

「やっと犯行《ヤマ》を認める気になったか」

「あなたは強請屋みたいね」

「ま、そんなとこだ」

「狙いは、お金なんでしょ？　口止め料として、どのくらい差し上げればいいの？」

「そっちは定岡から三千万円を貰ってるんだよな」

「そうだけど、わたしの取り分は六割の一千八百万円だったの。『ハートフル・サービス』にマネージメントとして四割の一千二百万円を……」

「ピンハネされたのか」

「ええ、そうなの。でも、いいカモを見つけてくるのは倉阪社長だから、仕方ないわ」

「持ちつ持たれつってわけか」

「そういうことね」

「そっちを含めて十三人の三十代のセクシーな派遣スタッフが独り暮らしの高齢男性を巧みに誘惑し、結婚話をちらつかせて多額の支度金をせしめてるんだな？」

「もう空とぼけても、仕方ないわね。わたしたち十三人は金持ちのお爺さんたちを回春させて、結婚詐欺をしてるの」

「全員、床上手なんだろうな」

「でしょうね。みんな、十代のころから大勢の男たちと寝てきたんで、それぞれベッドテクニックを身につけてるの。体の構造も生まれつき悪くないみたいよ」

「特に小峰亜由は男たちを蕩《とろ》かす名器の持ち主で、舌技も腰の使い方も上手なんだろ？」

「そんなことまで知ってるの⁉　驚いたわ」

「で、どうなんだ？」

「彼女はチームでナンバーワンね。正真正銘のみみず千匹みたいよ。中高年のパートナーでも、ダブルを可能にさせてるんだって」

「爺さんたちが二ラウンドもこなしてるのか」

「そういう意味でのダブルじゃないわ」

「抜かずにダブルの利く名器なのか⁉」

「ええ、そういう噂よ。亜由ちゃん自身もそれを認めてるわ、当たり前のような顔でね。だから、はったりなんかじゃないと思う」

「それじゃ、老資産家たちが夢中になるわけだ。求婚に応じてくれるんだったら、惜しみなく金品を貢《みつ》ぐだろうな」

「でしょうね。亜由ちゃんはお色気チームで二番目に若いんだけど、稼ぎ頭なの。正確にはわからないけど、『ハートフル・サービス』に登録してから、三、四億円は稼いでると思うわ」

「そう」

「そんなことより、いくら出せばいいの？　口止め料の額をはっきり言ってちょうだいよ」

「金は嫌いじゃないが、女はもっと好きなんだ。商談をする前に、そっちとしっぽりと濡れたいね。どこに住んでるんだい？」

「西新宿五丁目のタワーマンションに住んでるの」

「道案内してくれ」

加納はギアをD《ドライブ》レンジに入れた。理沙がひとまず安堵《あんど》した顔で大きくうなずいた。上祖師谷《かみそしがや》を抜けて甲州街道《こうしゅうかいどう》に乗り入れて間もなく、理沙のバッグの中でスマートフォンの着信音が響いた。

「ちょっとごめんなさい」

理沙が断って、バッグの中からパーリーシルバーのスマートフォンを取り出した。加納は運転しながら、耳を澄ました。

「心配させて、ごめんね。いま、電話をしようと思ってたの。タクシーで成城に向かってたんだけど、悪寒《おかん》が止まらないんで自分のマンションに引き返してきちゃったのよ。風邪をひいちゃったみたい」

「…………」

「熱は三十九度二分よ。そんなわけで、きょうはそっちに行けないの。蔵三さん、ごめんね」

「…………」

「きょうは昼間からエッチなことばかりを考えてたんで、理沙を抱けそうな予感がしたの？　それは悪かったわね。蔵三さん、ちょっと怒っちゃった？」

「…………」

「不機嫌そうな声だから、そう感じたのよ。でも、怒ってるわけじゃないのね。理沙、安心したわ。蔵三さんに嫌われちゃったら、わたし、死にたくなっちゃうもの。本当だってば」

「………」

「青磁の茶壺が見当たらないの？　ううん、わたしは知らないわ。まさか梅宮さんが盗み出したなんてことはないんでしょ？」

「………」

「高く売れる磁器だからって、誠実な家政婦さんが泥棒なんかしないと思うな。確かに魔が差すこともあるでしょうけど、梅宮さんは犯人じゃないでしょ？」

「………」

「結局、任意同行には応じなかったのね。蔵三さんに疑われたんで、梅宮さんは担当を替えてもらうって言ってるの。え？　いままで通りに梅宮さんに家事の一切《いっさい》をやってほしいんだったら、蔵三さん、平謝りに謝るのね」

「………」

「もちろん、熱が下がったら、すぐに会いに行くわ。うん、いっぱいペロペロしてあげる。楽しみにしてて。それじゃ、またね」

理沙が電話を切って、舌を出した。首を竦《すく》めてスマートフォンをバッグに仕舞《しま》う。

「そっちも、何らかの形で家政婦の梅宮さんに謝罪したほうがいいな」

加納は言った。理沙が短い返事をして、下を向いた。少しは良心が疼《うず》いたのだろう。

甲州街道を道なりに進むと、新宿に着いた。理沙が借りている高層マンションは、都庁の斜め後ろにそびえていた。十八階建てだった。

加納は、理沙の指示通りに車を地下駐車場の来客スペースに入れた。

「部屋は何号室なんだ？」

「一三〇六号室よ」

「十三階だな。電話を一本かけてから、そっちの部屋に行くよ。先に行っててくれ」

「わかったわ。あなたのお名前を教えて」

「露木《つゆき》というんだ」

「下のお名前は？」

「諭《さとる》だよ。ついでに年齢も教えてやろう。明日、二十歳《はたち》になる」

「ジョークが好きみたいね。部屋で待ってるわ」

理沙がウインクして、助手席から出た。彼女がエレベーターに乗り込むと、加納はインサイドホルスターごと拳銃をグローブボックスの奥に突っ込んだ。警察手帳、手錠、特殊警棒、刑事用携帯電話《ポリスモード》なども入れる。

加納は数分経ってから、ランドローバーを降りた。エレベーターで十三階に上がり、一三〇六号室に歩を運ぶ。

部屋のドアはロックされていなかった。玄関ホールで理沙が待ち受けていた。

「間取りは2LDK?」

「ええ、そう」

「奥に男はいないようだな」

「安心して、独り暮らしだから。どうぞ入って」

「ああ、お邪魔するよ」

加納は靴を脱いで、玄関マットの上に上がった。すると、理沙が全身で抱きついてきた。ナイスバディだ。柔肌の温もりが伝わってくる。

二人は軽く唇をついばみ合ってから、舌を絡め合った。理沙は舌を閃《ひらめ》かせながら、弾みのある乳房を押しつけてくる。そうしつつ、大胆に加納の股間をまさぐりはじめた。

加納も理沙のヒップを引き寄せ、まさぐった。ひとしきり戯《たわむ》れ合ってから、二人は浴室に移った。

理沙は掌《てのひら》にボディーソープを垂らすと、加納のほぼ全身を泡塗《あわまみ》れにした。それから迷うことなく、裸身を擦りつけてきた。

「ボディー洗いは嫌いじゃないよ」

加納は体を揺らしながら、理沙の二つの乳首を愛撫した。

硬く張りつめた蕾《つぼみ》は、それほど大きくはなかった。その割に、乳暈《にゅううん》は白人女性のように広かった。盛り上がっている。

加納は、ぬめった臀部《でんぶ》を揉んだ。少し間を置いて、ぷっくりとした恥丘に指を這わせる。飾り毛は逆三角形に小さく剃《そ》り整えられていた。

加納は、二枚の花弁を下から捌《さば》いた。指先に真珠《しんじゅ》のような物が二つ触れた。理沙は小陰唇の内側にピアスを埋め込んでいた。左右の位置は同じではない。上部と下部だった。

「ピアッシングしたのはいつなんだ？」

「一年ちょっと前ね。倉阪社長に年寄りが喜ぶはずだからと言われて……」

「十三人のお色気軍団は、社長からベッドテクニックを教わったのか？」

「誰も社長とは寝てないはずよ。倉阪社長は、ビジネスに徹してるの。派遣スタッフにはまったく手を出してないと思うわ」

理沙がペニスの根元を握り、断続的に絞り込んだ。もう片方の掌全体で亀頭を優しく撫で回す。

加納は次第に猛《たけ》りはじめた。五指を使って、理沙の秘めやかな部分を刺激する。加納は膨らんだ双葉を揉み込むように擦り立て、指の腹で尖った肉の芽を圧《お》し転がした。理沙の喘《あえ》ぎは、ほどなく淫らな呻きに変わった。加納はフィンガーテクニックを駆使して、理沙を極みに押し上げた。理沙は裸身を縮めながら、悦びの声を轟《とどろ》かせた。

加納は理沙の震えが熄んでから、シャワーヘッドを手に取った。二人は交互に白い泡を洗い落とし、脱衣所で体を拭い合った。

「ベッドルームはこっちなの」

理沙が加納の手を取って、案内に立った。二人は素っ裸のまま、居間の向こうの寝室に移った。十畳ほどの広さだった。

理沙は室内灯を点けると、加納をセミダブルのベッドに仰向けにさせた。彼女は加納の股の間にうずくまり、舌技を施しはじめた。

口唇愛撫《ロス》には、少しも無駄がない。性感帯を的確に刺激してくる。

加納は急激に力を漲《みなぎ》らせ、理沙を組み敷いた。体を繋ぐと、二つのピアスが男根《だんこん》にほどよい刺激を与えた。

「年寄りとは硬さが全然、違うわ。露木さん、烈《はげ》しく突いて」

理沙が狂おしく腰をくねらせ、大きく迫り上げる。加納は欲情をそそられ、律動《りつどう》を速めた。

理沙はどんな体位《ラーゲ》にも応じた。アクロバチックな交わり方も厭《いと》わなかった。二人は五度ほどラーゲを変え、正常位で仕上げにかかった。

加納はダイナミックに腰を躍《おど》らせた。

七、八分経過すると、理沙が高波に呑まれた。次の瞬間、ペニスが強く締めつけられた。内奥《ないおう》の脈打ちは、きわめて煽情的《せんじようてき》だった。

加納は動きつづけた。理沙の迎え腰は情熱的だった。フラットシーツが捩《よじ》れに捩れた。

結合部の濡れた音にもそそられた。

加納はがむしゃらに突いた。ひたすら突きまくった。二つのピアスが陰茎を擦り立てつづける。

理沙の裸身が強張《こわば》りはじめた。ゴールが近いようだ。

「わたし、ピルを服用してるから……」

「一緒にゴールインしよう」

加納は突っ走りはじめた。理沙もしどけなく乱れた。ベッドマットが弾みに弾む。

やがて、二人は同時にクライマックスに達した。

理沙が甘やかな声で唸って、体をリズミカルに震わせはじめた。緊縮感は鋭かった。

加納は軽く腰を引いてみた。

だが、埋めた性器はほとんど動かなかった。まるで襞《ひだ》に吸いつけられたような感じだ。

「こんなに深く感じたのは、本当に久しぶりだわ。やっぱり、セックスはパワフルじゃないとね」

理沙が声を弾ませながら、嬉しげに言った。瞳がぬれぬれと光っている。

「老人は物足りないか？」

「ええ。いい思いをさせてもらったんだから、口止め料はたっぷり払うわ」

「金はいらないよ。その代わり、おれに協力してくれ」

「何に協力すればいいの？」

「余韻《よいん》を味わい尽くしたら、詳しいことを話すよ」

加納は、理沙に優しく覆い被さった。

第五章　意外な首謀者

1

手提げ金庫が開けられた。

加納はコーヒーテーブルに視線を落とした。

万札が無造作に詰め込まれている。理沙は反対側のソファに坐っていた。

リビングである。加納たちは別々にシャワーを浴び、居間で寛《くつろ》ぎはじめたところだった。

「金庫に三百万前後入ってると思うから、全部持って帰って。足りない分は、夕方までに用意するわ」

「口止め料はいらないと言ったはずだ」

「でも、わたし、不安なのよ。定岡蔵三から結婚を餌にして三千万円を貰ったことを露木さんに知られちゃったわけだから。それだけじゃないわ。青磁茶壺をくすねたことも……」

「おれは、寝た女を強請るほど悪党《ワル》じゃないよ」

「本当にお金はいらないの？」

理沙が念を押した。

「金は、倉阪博行から毟《むし》り取る。社長は『ハートフル・サービス』を興す前、何をやってたんだい？」

「詳しいことはわからないけど、介護ベッドの製造会社を経営してたみたいよ。でも、リーマン・ショックで倒産したらしいの。その後、シロチョウザメの養殖を手がけてキャビアの販売で成功したって話だったわ。イランやロシアからの輸入品の三分の一の値で国産キャビアを売ったんで、飛ぶように売れたみたいよ。シロチョウザメの肉も臭《くさ》みを取って、ホテルや料理店に納入してたって話だったわ」

「そう」

「倉阪社長は気をよくして、黒鮪《くろまぐろ》の養殖ビジネスに乗り出そうとしたそうよ」

「海外で黒鮪の養殖を手がけるとなると、多額の事業資金が必要になるよな。日本の水産会社や全国展開してる回転寿司屋の運営会社がスペインや地中海沿岸に養殖場を造って、生鮪や冷凍鮪を国内に入れてるが……」

「そうなんだってね。倉阪社長は物価の安いポルトガルか北アフリカの沿岸に養殖場を設けたかったみたいだけど、それでも五億以上の設備投資が必要だと知って、事業計画を断念したそうよ」

「で?」

「国内で近畿大学《きんきだいがく》水産研究所が黒鮪の養殖ビジネスで成功したんで、社長も西日本のどこかで本鮪の稚魚《ちぎょ》から育てて成魚を出荷する計画に変更したらしいの。好条件の候補地が幾つか見つかったみたいなんだけど、地元の漁業組合の同意を得られなくて……」

「その事業計画は頓挫《とんざ》してしまったんだな?」

加納は確かめ、煙草に火を点けた。

「そうなんだって。次に社長は、トラフグの養殖を思いついたらしいの。天然トラフグの漁獲量は減る一方だから、先行業者がいても、いいビジネスになると判断したようね」

「トラフグの養殖場をどこかに造ったんだな?」

「ええ。福島県楢葉町《ならはまち》の海沿いにトラフグの養殖場をこしらえたんだって。円形の巨大水槽を十何槽か設置して、卸《おろ》し業者から買い付けた稚魚を数千匹も飼育しはじめたらしいわ」

「成魚まで育たないうちに死んでしまう稚魚が少なくないんだろうな」

「そうなんだってね。餌代もかかったらしいんだけど、一年そこそこで商売になるようになったみたいよ。倉阪社長はシロチョウザメの養殖ビジネスの経営権を売って、トラフグの養殖一本に絞ったらしいの。借金して立派な従業員宿舎と研究施設を建てたようね」

理沙が自分で淹《い》れたコーヒーを一口飲んだ。

「トラフグの養殖ビジネスは、しばらくは順調だったんだ？」

「ええ、そういう話だったわね。そんなある夜、養殖場に忍び込んだ男がすべての水槽に毒物を投げ込んだんだって」

「水槽の中のトラフグは死んでしまったんだろうな」

「ええ。稚魚はもちろん、成魚も死んでしまったそうよ。後日、毒物を水槽に投げ込んだ犯人は捕まったらしいの。犯人は、天然トラフグの料理店店主だったという話だったわね」

「養殖のトラフグが安く出回るようになって、犯人は苦り切ってたんだろう」

「そうなんでしょうね。その男の店は赤字つづきで潰れそうだったんですって」

「それで、八つ当たりしちまったのか。子供っぽい奴だな」

加納は短くなったラークの火を消した。

「確かに犯人は大人げないわよね。でも、自分の店を畳まざるを得ない状況に追い込まれたら、冷静さを失っちゃうんじゃない？」

「それにしても、分別がなさすぎるな。それより、そんなことがあったんで、倉阪はトラフグの養殖ビジネスをつづける気がなくなっちゃったのか？」

「ううん、気を取り直して稚魚を大量に買い付けてビジネスに精出したそうよ。その矢先、東日本大震災が起こって水槽の半分以上が倒壊してしまったんですって。太平洋からパイプで海水をダイレクトに水槽に汲《く》み入れてたとかで……」

「放射性物質のセシウムで汚染された海水で稚魚は絶滅しちゃったんだろうな」

「ううん、トラフグの赤ちゃんは死ななかったみたいよ。でも、成魚まで育て上げても風評被害で買い手はつかないだろうと判断して、養殖ビジネスに見切りをつけることにしたんだって。その話をするとき、いつも社長は悔し涙を流してたわ」

「そうか」

「天災は避けられなかったんだろうけど、電力会社がもっと原子炉の安全性を重要視していたら、放射性物質は広い範囲まで拡散しなかったんでしょうね。東北の被災地の復旧・復興が大幅に遅れて、いまも数千人の人たちが不便な仮設住宅暮らしを強《し》いられてる。本当に気の毒だわ」

「そうだな。景気回復も大事だが、まず被災地の人たちの苦しみを和らげることを政府は最優先にすべきだろう」

「わたしも、そう思うわ」

「しかし、この国の政治家、財界人、官僚の多くはてめえの利益や出世のことしか考えてない。人の悲しみや痛みに本気で寄り添う気なんかないんじゃないか。口では、人間味があるようなことを言ってるがな」

「偉くなるような奴は、たいがい狡《ずる》いエゴイストだものね。弱者や敗者の気持ちなんか汲み取ろうとも思ってないんじゃない？　結婚詐欺で楽して生きてる女に偉そうなことを言える資格はないんだけど」

「いいさ、そのぐらいのことは言っても。結婚詐欺で荒稼ぎした金の大半をどこか福祉施設に寄附する気になったようだから」

加納は雑《ま》ぜ返した。

「あっ、それは困るわ。家賃も高いし、贅沢な生活を急にやめるのは難しいの」

「冗談だよ。悪党どもの弱みを恐喝材料にしてるおれも偉そうなことは言えないし、貧乏暮らしはまっぴらだ」

「うふふ」

「そんな経緯があって、倉阪は『ハートフル・サービス』を設立したわけか。家事代行サービスでは、それほど儲からない。だから、倉阪は十三人の色っぽい三十代の女たちを老資産家の自宅に派遣して、最初は娘役とか孫娘役を演じさせてたんだろ？」

「ええ、そう」

「そのうち爺さんたちを色香で惑わせ、求婚させるように仕向けた。そして結納金というか、仕度金を出させてたんだな？」

「ええ」

「これまでに、そっちは何人ぐらいの高齢男性をカモにしたんだ？」

「言わなきゃ駄目？」

理沙が媚《こび》を孕《はら》んだ眼差《まなざ》しを向けてきた。

「何を警戒してるんだ？　そっちを警察に売ったりしないよ」

「なら、話すわ。十三人、定岡さんを入れて十四人ね」

「その十四人全員を回春させたのか？」

「時間のかかる相手が半数ぐらいいたけど、いろいろ努力してエレクトするようにしてあげたの。みんな、七十代か八十代だったから、半立ちがやっとだったけどね。その状態でも一応、射精可能なの」

「そうなのか。勉強になったよ。依頼主のほとんどがそっちに求婚して、多額の仕度金を気前よく払ってくれたのか？」

「ええ。相手が結婚を急ぐようになったら、もっともらしい嘘をつくの。不治の難病で、余命が一年もないとかね。そうすると、諦めてくれる人が多かったわ」

「それでも、そっちを女房にしたいと粘る老人もいたんじゃないのか」

「そういう人には、身内に前科者が何人もいると打ち明けるのよ。そうしたら、諦めてくれたわ」

「仕度金を返せと言ったカモもいただろうな」

「ええ、何人かいたわね。そんな相手には、寝室での行為をこっそりスマホで動画撮影してたとやんわりと威しをかけるの」

「救いのない悪女だな」

「倉阪社長がそうしろって悪知恵を授《さず》けてくれたのよ。実際には、動画撮影なんかしてないんだけどね。ほかのメンバーも似たような手口で……」

「カモたちからうまく遠ざかったわけか」

「そうなの」

「小峰亜由のことを教えてくれよ。倉阪だけを強請るよりも大きく稼げそうだからな」

「仲間を裏切るようなことはしたくないわ」

「そっちがそう出てくるなら、おれも気を変えることになるぞ」

加納は目に凄《すご》みを溜《た》め、理沙を睨《にら》みつけた。

「わたしを警察に突き出さないで。お願い！」

「おれの質問に正直に答えてくれれば、そっちを困らせるようなことはしないよ」

「約束してくれる？」

「ああ。小峰亜由は熟女チームの稼ぎ頭らしいが、カモにした爺さんたちの数は？」

「三年間で二十人以上はいるんじゃないかな。亜由ちゃんに色目を使われたら、どんな相手も搦《から》め捕《と》られちゃうと思うわ。男心をくすぐる術《すべ》を心得てるし、性技にも長けてるようだから」

「名器なら、たいていの老資産家は入れ揚げる気になるだろうな」

「ええ、そうでしょうね」

「ある情報屋から聞いたことなんだが、小峰亜由は以前、カモにしてた船橋の元ガソリンスタンド経営者の養女になると騙して、カモの銀行口座から一千六百万円を引き出し、そのまま着服したようなんだ」

「その依頼人は女性不信か何かで、ずっと独身を通してきたんじゃない？」

「そうらしいんだ」

「社長から、わたし娘役として船橋まで通ってくれって頼まれたの。でも、遠いんで渋ってたら、亜由ちゃんが代わりに引き受けてくれたのよ」

「そうだったのか。その爺さんは朝の散歩中に神社の石段から足を踏み外して死んでしまったんだよ、亜由が一千六百万円を引き出して何日か経ってからな」

「そうなの」

「転落の瞬間を目撃した者はいなかったんだが、所轄の船橋署は事故死と判断した。しかし、もしかしたら、繁みに隠れていた小峰亜由がカモの仙名の背中を強く押したかもしれないんだ」

「人殺しまではしないと思うけど、亜由ちゃんと親しくしてた佃美寿々《つくだみすず》って娘《こ》から聞いたんだけど、その依頼人は養子縁組を早くしたがってたらしいの。亜由ちゃんは戸籍謄本《こせきとうほん》を早く取り寄せろとせっつかれて、焦ってたみたいよ」

「美寿々って娘に虚言癖はないんだな？」

「真面目な娘よ。チームで最も若いんで、年上のわたしたちに嘘なんか絶対につかないわ」

「だとしたら、亜由は心理的にかなり追い詰められていたにちがいない。仙名に騙してたことを覚《さと》られるかもしれないという強迫観念に取り憑かれて……」

「依頼人を石段から突き落としてしまったのかな。いくらなんでも、人殺しまではしないでしょ？　亜由ちゃんは金銭欲が強いって、メンバーの誰もが知ってるけどね」

理沙が小首を傾げ、またマグカップを口に運んだ。

「いや、亜由が仙名武雄を故意に転落死させたのかもしれないぞ。そんなふうに疑える根拠があるんだ」

「えっ、そうなの？」

「去年の七月、牛尾利夫という練馬の資産家男性が入浴中に心筋梗塞で死亡した」

「その練馬の大地主の担当は、確か亜由ちゃんだったわ」

「牛尾利夫は亜由に惚れて、求婚してたようなんだよ」

「それは間違いないわ。牛尾さん宅に通ってた亜由ちゃんが『カモをその気にさせたから、そのうち仕度金が転がり込んできそうよ』と言ってたから」

「そうか。まだ推測の域を出てないんだが、小峰亜由は牛尾利夫をベッドで腹上死させて、遺体を沸かしてあった湯船に坐位で沈めたんじゃないかと疑ってるんだ」

「亜由ちゃん、あまり力はないほうよ。死んだ人間を寝室から風呂場には運べっこないわ。牛尾さんは七十代の後半だったんだろうけど、男性なら、体重が六十キロ前後はあったんでしょうから」

「女ひとりでは遺体を浴室まで担《かつ》いではいけないだろうな。引きずるにしても、女だけでは無理そうだな。死体を湯船に入れるには、かなり力がいる。おそらく、男の共犯者がいたんだろう。亜由には彼氏がいるんじゃないのか。金に不自由してないわけだから、男たちが群がっても不思議じゃない」

「亜由ちゃんに言い寄る男たちはたくさんいたわ。だけど、彼女、特定の彼氏は絶対に作ろうとしなかった。気に入ったホストにスーツや高級腕時計をプレゼントしてたけど、恋人にはしなかったの。ヒモになられて、自分のお金を当てにされたくなかったんでしょうね。わたしにも、そういう警戒心はあるんでセックスフレンドを作っても、一定の距離は保ってた。チームのほかのメンバーも同じだと思うわ」

「危ない橋を渡って貯めた金を横奪《よこど》りされてたまるもんかってわけか」

「そういうことね。だから、死体運びを引き受ける彼氏なんていなかったはずよ。知り合いのホストか誰かに牛尾さんの遺体を風呂場まで運んでもらったら、亜由ちゃんはその男に致命的な弱みを握られたことになるでしょ？」

「ああ、そうだな。となると、死体運びは倉阪に頼んだのかもしれないぞ。社長と亜由は弱みを握り合ってるわけだから、犯行を他言される心配はないわけだ」

加納はコーヒーを啜って、ソファに凭れた。

「練馬の老資産家に結婚詐欺のことがバレそうになったとしても、亜由ちゃんが相手を故意に腹上死させたりするかな。第一、そんなこと簡単にはできないでしょ？」

「牛尾利夫は心臓が弱かったんだ。肥大型心筋症という持病があったんだよ。性的に極度に興奮させて何かショックを与えれば、死んでしまうかもしれない」

「どんな方法で、心臓にショックを与えたわけ？　亜由ちゃんはベッドの下に氷水の入ったバケツを隠しておいて、牛尾さんに跨《また》がりながら、心臓めがけて氷水をぶっかけたのかな」

「そんなことをしたら、寝具が濡れて警察関係者に不審がられるよ」

「ああ、そうね。何か違う方法で、牛尾さんの心臓に衝撃を与えたんだろうな」

「殺しの小道具は亜由が使い馴《な》れてた物だったんじゃないかな。何か思い当たるかい？」

「特に思い当たらないけど、彼女、頭痛持ちなんで、ドラッグストアで冷却ジェルシートをよく買ってたわ」

理沙が何気なく言った。

「それだ！　きっと冷却ジェルシートを凍らせて、牛尾利夫が最高潮に昂まったときに心臓部に押しつけ、ショック死させたにちがいない。死体を熱い湯の中に浸したのは、体温の低下を防ぎたかったからだろうな」

「つまり、亜由ちゃんはアリバイ作りのために死亡推定時刻をずらしたかったのね。それで、遺体を浴槽の中に沈めたんじゃないかってことか」

「そう。体の表面を湯で温めつづけても、血は流れてないわけだから、内臓は冷えはじめるはずだ。しかし、牛尾は湯船の中で死んでいた。湯も一定の温度を保っていた。そんなことで、警察の検視だけではなく、行政解剖の担当医師のチェックもつい甘くなったと考えられなくもないな」

「亜由ちゃんがそこまで計算して牛尾利夫さんをショック死させたんだとしたら、稀代《きだい》の悪女ね。なんか怖くなってきたわ」

「それはそうと、鳥羽深月という美人弁護士が小峰亜由のことで何か調べてる様子はうかがえなかった？　その弁護士は牛尾利夫の遠縁に当たることから、老資産家の死の真相を個人的に探ってたんだよ」

「その彼女、二月の上旬に自宅マンションで殺害されたんじゃない？　絞殺だったと思うけど」

「そうなんだ。おれは、鳥羽弁護士とある時期つき合ってたんだよ。おれがろくでなしなんで、フラれちゃったけどな。こっちは、まだ女弁護士に未練があった。だからさ、深月を殺《や》った犯人を突きとめたいんだよ」

加納は、とっさに思いついた作り話を澱《よど》みなく喋った。

「露木さん、あなたはただの強請屋なんかじゃないわね。そうなんでしょ？」

「実は、元刑事なんだ。気に入らない上司をぶちのめしちまったんで、懲戒免職になったんだよ」

「それは、いつのことなの？」

「四年半ぐらい前さ。それ以来、犯罪者たちの弱みを飯の種にしてるんだ。おれは強請屋だけど、肌を合わせた女を苦しめたりはしないよ」

「いまの言葉、信じていいのね」

「ああ。小峰亜由が牛尾利夫を病死に見せかけてショック死させたんなら、そのことを鳥羽深月に知られたのかもしれない」

「えっ、亜由ちゃんが女性弁護士も殺した可能性があるの⁉」

「実行犯じゃないと思うが、二月上旬に発生した絞殺事件には絡んでいそうだな。直に手を汚したのは、『ハートフル・サービス』の倉阪社長臭いね」

「ま、まさか⁉」

理沙が絶句した。

「亜由と倉阪の動きを探ってみるよ」

「二人が警察に捕まったら、わたしたち十三人が裏業務で老人をカモにして結婚詐欺を働いてたことも発覚しそうね」

「そうなるだろうな」

「わたし、捕まりたくないわ」

「だったら、会社に保管されてる自分の個人情報を盗み出して高飛びするんだな。例の茶壺は後日、匿名で定岡宅に郵送すればいいさ。そっちが逃げ延びることを祈ってるよ。たった一度でもナニした女を刑務所暮らしさせるのは、なんか忍びないからな」

加納はソファから立ち上がって、玄関ホールに向かった。

2

前夜の張り込みも無駄になってしまった。

加納は忌々しさを覚えながら、喫いさしの煙草の火を揉み消した。自宅の居間だ。ブランチを摂って食器を洗い終えたばかりだった。

昨晩、加納は三留理沙の自宅マンションを出ると、車を白金台の門脇邸に向けた。亜由の車は門脇宅の車寄せに駐めてあった。門扉の隙間から、加納は目で確認したのである。

亜由は午前二時過ぎに門脇宅を辞して、イタリア車でまっすぐ帰宅した。加納はアルファロメオを追尾しながら、亜由を直《じか》に揺さぶりたい衝動に駆られた。しかし、まだ状況証拠しか押さえていない。

理沙の証言は効力がありそうだったが、相手は強《したた》かな女狐だ。どんなに揺さぶっても、空とぼけるにちがいない。

何か確証を摑まなければ、亜由は一連の犯行を認めないだろう。加納は『ビラクレール神宮前』の近くで一時間あまり張り込んだだけで、用賀の自宅に戻ったのである。

コーヒーテーブルの上に置いた刑事用携帯電話《ポリスモード》が鳴った。

加納はポリスモードを手に取った。電話をかけてきたのは、三原刑事部長だった。

前夜、加納は三原に小峰亜由が牛尾利夫を殺害した疑いがあることを電話で報告していた。ついでに自分の推測も述べた。

「仙名武雄が神社の石段から落ちて死んだ朝、小峰亜由が船橋にいたことがわかったぞ」

「警察庁経由で千葉県警から情報を流してもらったんですね？」

「いや、そうじゃないんだ。そうすると、角が立つと思ったんで、堂副総監の許可を取って直属の部下たちを船橋に行かせたんだよ。聞き込みの結果、仙名宅周辺に小峰亜由がいたことが明らかになった」

「そうですか。しかし、それだけでは亜由が仙名武雄を神社の石段から突き落としたとは立証できないでしょ？」

「そうなんだが、その容疑は濃くなったじゃないか」

「ええ、そうですね。昨夜《ゆうべ》、亜由の仕事仲間からも切札になりそうな証言を得ましたよ」

加納は、三留理沙から聞いた話を刑事部長に伝えた。

「練馬の牛尾利夫は性的に昂まっているときに凍った冷却ジェルシートを心臓部に押し当てられたんで、ショック死したのかもしれないな」

「多分、そうなんでしょう。牛尾家の通いのお手伝いさんをしてた神崎澄代さんにもう一度会ってみます。何か決め手になるようなことを思い出してくれるかもしれませんので」

「そうしてみてくれないか」

「わかりました」

「加納君の推測が正しいとすれば、牛尾利夫の遺体を風呂場に運んだのは『ハートフル・サービス』の倉阪社長なんだろう。亜由に特定の彼氏はいないという話だったからな」

「おそらく、そうなんでしょう」

「倉阪はいろいろ事業でしくじってるが、悪知恵が発達してるんだな。核家族時代に入って、独居生活をしている高齢男女は経済的に恵まれてても、淋《さび》しく侘しい日常を過ごしてる者が少なくないだろう」

「そうでしょうね」

「本物ではないわけだが、子供や孫になりきって温かく接してくれる疑似家族たちが自宅に定期的に来てくれるんだったら、気持ちが明るくなるだろう。三十代の色っぽい女性スタッフが秋波《しゅうは》を送ってきて、回春させてくれたら、夢中になるにちがいない」

「自分の年齢《とし》を忘れて本気で求婚したり、疑似家族を養女にして側《そば》に置いときたい気持ちになるでしょうね。倉阪は、あざとく、商才があるんだと思います」

「そうなんだろうな。金銭欲の強い三十代の色気のある女たちを唆《そそのか》して、老齢の資産家男性をカモにし、結婚詐欺をやらせる。まるで鵜飼《うか》いじゃないか」

「そうですね。女たちがカモからせしめた仕度金の四十パーセントをハネてるというから、あくどい男ですよ」

「そうだな」

「ただの金の亡者《もうじゃ》なら、勘弁できます。しかし、倉阪博行は牛尾利夫の死の真相を探っていたと思われる鳥羽深月の口を封じた疑惑もあります。とんでもない奴ですよ」

「そうだね。部下に倉阪博行の交友関係を調べさせよう。倉阪が犯罪のプロを雇って美人弁護士を始末させたとも考えられるからな」

「ええ」

「また、連絡するよ」

三原が通話を切り上げた。

加納は寝室に移って、身仕度をした。ランドローバーに乗り込み、豊島区長崎三丁目に向かう。神崎宅に着いたのは、午後一時十分ごろだった。澄代は自宅にいた。

加納は、玄関先で澄代と向かい合った。

「牛尾さんの死体を最初に発見したあなたに確かめたいことがあって、また伺《うかが》ったんですよ」

「何かしら？」

「牛尾さん宅の冷蔵庫の冷凍室の奥に解熱用の冷却ジェルシートが入ってたことはありませんでしたか？」

「いいえ、そんな物は見かけなかったわね」

「そうですか」

「あっ、待って。でも、冷蔵庫と壁の間に冷却ジェルシートの包装紙の切れ端が落ちてたわね。上部の開口部の一部だと思うけど」

「それを見つけたのは、いつのことなんです？」

「牛尾さんが亡くなられた翌日の夕方だったわ。ご自宅で故人の通夜《つや》が執《と》り行われるかもしれないと思ったんで、わたし、預かってた合鍵で牛尾さん宅に入って掃除したんですよ。そのときに見つけて、ごみ袋に入れました」

「そうですか」

「そのごみ袋は、お宅の前に出しておきました。結局、故人の妹さんがセレモニーホールで密葬に近い家族葬をやられただけで、石神井のお宅では通夜は営まれなかったんだけど」

「そうだったようですね」

「冷却ジェルシートがどうかしたんですか？」

澄代が問いかけてきた。

「いえ、故人の死とは関わりがないでしょう。牛尾さんは病死ではないかもしれないと思ったんですが、考えすぎだったんでしょう」

「あなた、何かを隠そうとしてるんじゃありません？」

「そんなことありませんよ。お邪魔しました」

加納は言い繕《つくろ》って、そそくさと神崎宅の敷地を出た。

次の瞬間、声をあげそうになった。旧知の野口恵利香《のぐちえりか》がランドローバーの横に立っていたからだ。美女である。瞳が魅惑的だった。

三十二歳の恵利香は夕刊紙の元記者で、現在は恐喝屋だ。なかなかの凄腕だが、心根《こころね》まで腐った悪人ではない。

恵利香は悪辣《あくらつ》な人物や企業しか強請っていなかった。一般の市民を脅迫はしていない。せしめた口止め料のほとんどは、知的障害者施設に寄附しているようだ。

恵利香の実弟は脳に障害がある。彼女は国の福祉政策がお粗末すぎると、常々、怒っていた。義賊めいた側面があることは間違いないが、照れ屋の本人はそれを覚《さと》られたくないようだ。

加納は捜査一課の係長時代から、恵利香に裏情報を貰っていた。彼女の協力で難事件の犯人を割り出したことは一度や二度ではない。

恵利香は犯罪者だが、加納は彼女に手錠を掛ける気はなかった。刑事失格だが、法律がすべてとは考えていない。罪人でも、犯行動機に濁《にご》りがない場合は裁《さば》く必要はないだろう。

謎だらけの女強請屋とは四カ月前、成り行きで男女の関係になった。しかし、恵利香に彼氏面《づら》をするなと釘をさされていた。

加納は、どこか捉《とら》えどころのない美女に心惹かれはじめていた。しかし、それを口に出したことはない。二人は奇妙な関係だった。

「先を越されちゃったようね」

恵利香が笑顔で言った。

「なんのことかな」

「小芝居《こしばい》は必要ないわ。二月五日に自宅で絞殺された鳥羽深月弁護士の事件《ヤマ》を追ってることはとうにわかってるんだから」

「おれを尾けてたのか⁉」

「別に加納さんを尾行してたわけじゃないわ。わたしが動いた先々で、あなたの車や後ろ姿を見かけただけよ。わたしも最初は、美人弁護士は裁判絡みで逆恨みされてたんだと読んだの。でも、推測は外れてた」

「そのころから、おれの動きに気づいてたら、声をかけてくれりゃよかったのに。なぜ、そうしなかったんだ？　手錠《ワッパ》打たれるとでも思ったのか」

「ううん、そうじゃないわ。また、八王子《はちおうじ》のモーテルに連れ込まれそうだったから」

「おい、人聞きの悪いことを言うなよ。おれのランドローバーを強引に運転して、モーテルに乗りつけたのはそっちだったろうが！」

「冗談も通じなくなっちゃった？　あなたをモーテルに誘い込んだのは、借りを返したかったからよ。その前に加納さんは悪人の別荘に監禁されてたわたしを救い出してくれたでしょ？」

「そうだったな」

「わたしは、他人《ひと》に借りを作るのが嫌いなの。だから、借りを返しただけ。淫乱だから、男をモーテルに誘い込んだわけじゃないわ。それから、加納さんになびいたんじゃないの。勘違いしないでね」

「わかってるよ。そっちは好色じゃないと言ってるが、感度良好だったよ。たてつづけに何度も……」

「デリカシーのない男性《ひと》ね。そういうことは言うもんじゃないでしょ！」

「そうだな」

加納は恵利香に軽く睨まれ、下を向いた。

「叱られた子供みたいにしゅんとしないでよ。わたし、危うく母性本能をくすぐられそうになったじゃないの」

「ついでに、涙ぐんでみせればよかったかな。冗談はさておき、どこまで調べたんだい？

牛尾家で通いのお手伝いさんをやってた神崎澄代さんの自宅を訪ねてきたってことは、老資産家は病死ではなく、巧妙な手口で殺されたのかもしれないと筋を読んだんだな。図星だろ？」

「まあね。鳥羽弁護士は遠縁に当たる牛尾利夫が殺害されたという裏付《ウラ》けを取ったんで、命を奪われたんだと思うわ」

「それで？」

「加納さん、狡《ずる》いわ。今度は、あなたがカードを見せる番よ。情報交換はフェアにやりましょうよ」

「いいだろう。そっちは、牛尾利夫がレンタル家族派遣会社の小峰亜由という女の色香に惑わされて結婚したがってたことはもう調査済みなんだろ？」

「ええ。『ハートフル・サービス』のお色気チームのメンバーが高齢の資産家男性たちに色目を使って、金品をねだってることもね」

「そこまでしか調べてないのか。そっちとは他人じゃないんだから、教えてやろう」

「一度寝たぐらいで、恋人気取りにならないでって言ったはずよ。もったいぶるなら、情報なんかくれなくてもいいわ。わたし、自分で調べるから」

「彼氏面してるわけじゃないよ。おれたちは、もう他人じゃないという事実を言っただけさ」

「そういうことなら、聞く耳はあるわ」

「かわいげがないな。ま、いいか。『ハートフル・サービス』の倉阪博行社長は三十代の色気のあるスタッフを唆《そそのか》して、結婚詐欺をやらせてるんだよ」

「あっ、やっぱり！　わたし、そんな疑いも持ちはじめてたのよ。牛尾利夫は小峰亜由に早く結婚しようとせっついたんじゃない？　それで亜由は詐欺がバレると焦って、カモを病死に見せかけて殺したんでしょう。その疑いが濃いと思ったんで、神崎澄代さんに会ってみる気になったわけよ」

「おれも、そう筋を読んだんだ」

「で、他殺の手口は透《す》けてきたの？」

恵利香が訊いた。

「残念ながら……」

「神崎さんから有力な手がかりを得たように映ったけどな」

「だったら、そっちには迷わずに情報を流してるよ。捜査一課にいたころ、何かと協力してもらった恩義があるからな。そっちと同じで、おれも他人《ひと》に借りを作りたくない性分なんだ」

「加納さんはよくそっちという二人称を使うけど、男同士じゃないんだから、違う呼び方があるんじゃない？」

「きみと言ってもいいが、おれらしくない気がするんだ。恵利香と呼び捨てにしたら、彼氏面するなと言われそうだしな」

「野口でいいわよ」

「今後は、そう呼ぶか」

「話を脱線させてしまったけど、小峰亜由が牛尾利夫を葬ったんだとしたら、どんな手を使ったのかな。牛尾は入浴中に心筋梗塞に陥って死亡したと行政解剖で明らかになってるし、外傷はなかったのよね。それから、胃から毒物も検出されてない。注射痕もなかったと東京都監察医務院の職員が言ってたわ」

「そっち、いや、野口は大塚の監察医務院に行ったんだな？」

「ええ。夕刊紙の記者をやってたころから知ってる女性職員にこっそり所見書を見せてもらったの」

「そうか。監察医の名前は憶《おぼ》えてる？」

「両角《もろずみ》秀文《ひでふみ》って五十二、三歳のドクターよ。触り魔で、記者時代にはよくヒップを撫でられたわ」

「女好きの監察医なのか」

「読めたわよ。加納さんは小峰亜由が色仕掛けで両角を味方につけて、嘘の死因を所見書に記入させたと疑ってるんでしょ？」

「そういうことは考えられないか？」

「ええ。ドクター両角はスケベだけど、仕事はちゃんとやってるみたいよ。ただ……」

「何だい？」

「酒好きでもあるから、二日酔い気味で行政解剖をすることもありそうね。そうなら、判断ミスをしたとも考えられるんじゃない？」

「ああ、そうだな。実は、牛尾利夫が死んだのは浴室じゃないかもしれないと思いはじめてるんだ」

加納は少しためらってから、本題に入った。

「練馬の資産家はどこで死んだわけ？」

「寝室なんじゃないのかな。小峰亜由はあらゆる性技を使って、牛尾を異常なほど興奮させ、何かショックを与えたとは考えられないか？」

「それで、牛尾は急性心不全で亡くなったんではないか。そういうことね？」

「ああ」

「高齢で心臓が弱かったらしいから、牛尾がショック死した可能性もあるわね。記者になりたてのころ、大物財界人が愛人宅で腹上死した出来事を取材したことがあるの。その財界人は心臓に持病があるのに、強い強壮剤を服《の》んでからベッドインしたのよ」

「そうか」

「小峰亜由は牛尾利夫をショック死させて、誰かに手伝ってもらい、死体を湯船に浸《つ》けたのかしら？　遺体を温めつづけていれば、死亡推定時刻をごまかせるかもしれないと思ってね。医学的にそういうトリックが通用するかどうかわからないけど」

「そのトリックが通用しないとしたら、検視官と監察医のチェックが甘かったんだろうな。そのせいで、他殺が単なる病死として片づけられたのかもしれないぞ」

「犯人にとっては、重なった偶然がラッキーだったわけね」

「そういうことになるな」

「小峰亜由ひとりでは死体を風呂場に運べないわね。引きずっていくのも無理でしょう。共犯者は男にちがいないわ。亜由に交際中の彼氏はいないみたいだから、遺体運びは『ハートフル・サービス』の倉阪社長がやったのかもしれないわよ」

「そうだな」

「わたし、牛尾家のお手伝いさんにフリージャーナリストと称して会ってみる。加納さんが摑んだ手がかりを内緒にしてるかもしれないんでね」

恵利香は軽く手を挙げ、神崎宅に足早に向かった。

加納はランドローバーの運転席に入った。女強請屋に仙名武雄も亜由に石段から突き落とされた疑いがあることを教えたら、先に本部事件の加害者にたどり着くかもしれない。

それだけは避けたかった。

加納は車を亜由の自宅マンションに走らせはじめた。

3

残照が弱々しい。

加納はフロントガラス越しに、『ビラクレール神宮前』の表玄関と地下駐車場の出入口に目を向けていた。午後五時過ぎだった。

神崎宅から亜由の自宅に直行したのだが、あいにく捜査対象者は部屋にいなかった。外出先は見当もつかない。やむなく加納は、亜由が帰宅するのを待つことにしたのだ。

時間がいたずらに流れていく。

張り込みを中断し、倉阪に鎌をかけるべきか。自分の推測通りなら、レンタル家族派遣会社の社長は狼狽するだろう。そして、何かボロを出すのではないか。

加納は上着の内ポケットから、私物のスマートフォンを取り出した。できれば、公衆電話で倉阪に揺さぶりをかけたかった。そうすれば、発信者が誰なのか覚られずに済む。自分のスマートフォンを使ったら、素姓《すじよう》を突きとめられる恐れがあった。しかし、公衆電話を探しに行っている間に小峰亜由が帰宅するかもしれない。

加納は捜査資料ファイルを開き、『ハートフル・サービス』の代表電話番号をプッシュした。だが、通話中だった。

いったん電話を切ったとき、野口恵利香から電話がかかってきた。

「神崎澄代さんと会って、加納さんの推測が正しいと確信したわ。小峰亜由は牛尾利夫を極度に興奮させて、凍らせた冷却ジェルシートを心臓部に強く押し当ててショック死させたんでしょうね」

「そして、おそらく倉阪社長に牛尾の遺体を沸いてる風呂の中に坐る恰好で沈めてもらったんだろう」

「そうなんだと思うわ。それでね、わたし、東京都監察医務院に行ったのよ」

「監察医の両角秀文に会ったのか？」

加納は訊ねた。

「うん。ドクター両角はどうせ二日酔い気味で解剖したなんて認めるわけないと思ったんで、よく知ってる女性職員に会ったの」

「で、どうだったんだ？」

「牛尾の行政解剖をしたとき、やっぱりドクター両角は酒臭かったって。それからね、解剖助手がびっくりするほど所見時間が短かったという話だったわ」

「警察の検視官のデータがあるんで、牛尾は病死だったという先入観があったんだろうな。それで、ふだんよりも解剖の時間が短かったと思われるな」

「そうなんでしょうね。警視庁の検視官は牛尾の肛門に体温計を浅くしか挿入しなかったんじゃないのかな。女性職員が休憩中のドクターに確認してくれたんだけど、どんなにお湯で死体を温めても内臓の温度までは上がらないということだったわ」

「そうか。検視官は次の仕事が控えてたんで、体温計を浅めに直腸に入れたんだろう。肛門周辺の粘膜は湯で温められてたと考えられるよな？　それで死体を浴槽から出した直後は、三十一度の体温があったんじゃないか」

「アリバイ工作が成功したわけじゃなく、ミスが小峰亜由の味方をしたのね」

「多分、そうだったんだろう」

「それからね、わたし、倉阪に関する情報を少し調べてみたのよ。かつて倉阪が経営してた『ハッピー医療介護機器』という会社は倒産したんだけど、妻の瑞穂《みずほ》、四十七歳が介護ベッドやリハビリ器具の製造販売会社を二年前に設立してたの」

「その会社の名は?」

「『グロリア介護機器』という社名で、本社は東村山市《ひがしむらやま》にあるの。従業員は八十二名なんだけど、まだ経営は安定してないみたいよ。製造した商品をリハビリテーション専門病院に安い値で納入してるようなの」

「採算を度外視してる理由は、どうしてなんだろうか」

「倉阪の両親は十年ぐらい前に相前後して脳卒中で寝たきりになってしまって、岡山のリハビリ病院にずっと入院してるらしいの。倉阪は月に二度は必ず父母の入院先に顔を出してるみたいよ。倉阪は独りっ子なんで、人一倍親思いなんでしょう」

「そうなんだろうが……」

「倉阪は『ハッピー医療介護機器』の経営に失敗したことが無念で、なんとか同じような業種で再起を図りたいと考えてたんじゃないのかしら?」

「そうなのかもしれないな。倉阪は自分の会社を潰してから、シロチョウザメの養殖によるキャビア販売で成功したんだ。その次にトラフグの養殖を手がけた。順調だったんだが、不運なことが相次いで……」

「トラフグの養殖ビジネスもうまくいかなくなったのね？」

「そうなんだ。それで、家事代行サービスの仕事をやりはじめた。しかし、そうした地味なビジネスでは大きな利益は望めない。だから、倉阪はレンタル家族派遣ビジネスを思いついた。それで色っぽい三十代の派遣スタッフを唆して、結婚詐欺をやらせるようになったんだろうな」

「倉阪はダーティー・ビジネスで荒稼ぎして、早くリハビリ器具の製造販売会社を興したかったんでしょうね。自分の両親と同じように辛い思いをしている人たちを少しでも楽にさせたいと考えて」

恵利香が言った。

「そうだったとしたら、その志《こころざし》は立派だよな。しかし、汚い方法で事業資金を調達するのは間違ってる」

「ええ、そうね。倉阪はカモにしたのが資産のある独居老人なんだからと思って、さほど罪の意識は持ってないんじゃないのかな。それどころか、セクシーな女たちに結婚という希望も与えられたわけだから、資産が多少減ってもいいだろうと思ってるんじゃないのかしら？」

「百歩譲って、そこまでは目をつぶろう。しかし、結婚詐欺の発覚を恐れてカモたちを始末することは断じて赦せない。牛尾利夫の死の真相に迫ったと思われる若い女性弁護士まで抹殺するなんて、身勝手も甚《はなは》だしいよ」

「ええ、そうね。自分の父母と同じように脳血管疾患の後遺症に苦しんでる人たちの力になりたいという気持ちが強かったとしても『ハートフル・サービス』の色気のある三十代の女性スタッフに結婚詐欺をやらせたり、殺人の手助けをするのは言語道断だわ」

「そっち、いや、野口の情報は役に立ちそうだよ。礼を言わなきゃな」

「水臭いことを言わないで。それより、そちらの情報をくれるのが礼儀なんじゃない？」

「悪いが、もう提供する情報がないんだ」

「本当に？」

「ああ」

「なんか怪しいけど、ま、いいわ。お互いに頑張りましょう」

「鳥羽深月殺しの首謀者が倉阪博行だという確証を得たら、当然、たっぷりと口止め料をせしめる気なんだな？」

「そのつもりだけど、加納さんが先に倉阪を追い詰めたら、わたしは只働《ただばたら》きになるわね」

「野口が口止め料をせしめてから美人弁護士殺しの主犯を追い込んでやりたいが、おれにも事情があるからな」

「あなたは現職の警察官なんだから、自分の正義を貫くべきよ。わたし、目標額を悪人たちから毟《むし》り取ったら、加納さんに逮捕してもらうわ」

「えっ、野口は何か危《ヤバ》いことをしてるのか⁉」

「知ってるくせに」

「いったい何をやってるんだ？」

「そんなふうにわたしを庇いつづけてると、本当に加納さんに惚れちゃうかもしれないわよ。嘘、嘘だからね」

「本当はかわいげがあるんだな。いろいろサンキュー！」

加納は電話を切った。丸めたハンカチを口の中に突っ込み、ふたたび『ハートフル・サービス』に電話をかける。

受話器を取ったのは、女性事務員のようだ。

「知り合いから、疑似家族を自宅に派遣してくれるって話を聞いたんだが、おたくの会社はそうした業務も本当にやられてるの？」

加納は高齢者を装った。

「はい。失礼ですが、おひとりでお暮らしでしょうか？」

「田園調布《でんえんちょうふ》の少し大きな家で独居生活をしてるんだ。家内とは二十年近く前に死別して、家事は通いの家政婦さんに任せてるんだよ。子宝には恵まれなかったんでね。六十近い家政婦さんはよく働いてくれるんだが、無口なんだ。日々の生活に少し潤《うるお》いが欲しくなったんだよ。三十代半ばで、娘役を演じてくれるスタッフを派遣してもらいたいんだ。企業グループの会長を務めてるんで、お金はどんなにかかってもかまわない」

「それでは、お名前とご連絡先を教えていただけますでしょうか。資料を送らせていただきますので」

「露木という者だが、倉阪社長と直に話をさせてほしいんだ。倉阪さんの奥さんが経営されてるリハビリ器具製造会社に資金提供したいと考えてるんで、ついでにその件も……」

「倉阪は、夫人に別の会社を任せているんですか⁉　そのことは知りませんでした」

「社長に電話を代わってもらえないだろうか」

「はい、ただいま」

相手が沈黙し、耳にヒーリング・ミュージックが響いてきた。

「お待たせしました。倉阪でございます。露木さまとおっしゃるそうですが、以前、お目にかかったことがありますでしょうか？」

「いや、ないね。あんた、なかなかのアイディアマンらしいが、心根が腐ってるな」

「無礼なことを言うな！　電話、切るぞ」

「小峰亜由たち十三人のセクシーな女性スタッフが独居高齢男性をカモにして結婚詐欺をしてることを警察《サツ》に密告《チンコロ》してもいいんだったら、受話器を置きな」

「ブラックジャーナリストか、恐喝屋だなっ」

「おれは、犯罪者どもの弱みにつけ込んでる禿鷹《はげたか》だよ」

「わたしには、何も弱みなどない。真っ当な商売をしてる。後ろ暗いことなんか何もしてないぞ。妙な言いがかりをつけるなっ」

「小峰亜由たち三十代のセクシーな派遣スタッフが依頼主宅で娘や孫娘役を演じてるだけじゃないことはわかってるんだよ。そういう女たちは七、八十代の爺さんたちに色気で迫り、性的なサービスをしてる」

「うちの女性スタッフは誰もいかがわしいサービスなんかしてない。デリバリーヘルス嬢じゃないんだ」

「おれは言いがかりをつけてるんじゃない。それなりの証拠を押さえてあるんだよ」

「どんな証拠を押さえたというんだっ」

「十三人の三十代スタッフが結婚を餌にして、資産家老人たちから多額の仕度金をせしめたことはわかってる。養女になる振りをして、金を引っ張ってもいるよな。そうした金の四割をあんたはハネてる。一種の鵜飼いビジネスだな」

「…………」

「急に黙ったのは、図星だったからだな」

「ばかばかしくて、いちいち反論する気にもなれなかったんだよ」

「苦しい言い訳だな。小峰亜由は船橋に住んでた元ガソリンスタンド経営者の仙名武雄の男性機能を回復させてやって、えらく気に入られた。仙名は亜由と結婚したかったんだろうが、年齢差がありすぎた。それで、亜由を養女にすることにした」

「そんな作り話を黙って聞いてるほど暇じゃないんだ。本当に電話を切るぞ」

「切ったら、あんたは一巻の終わりだ。結婚詐欺を働いた女たちの黒幕として逮捕され、刑務所にぶち込まれる。『ハートフル・サービス』は潰れちまうな」

「もう少し作り話を聞いてやろう」

「まだ観念する気はないようだな。しぶといね。開き直ってるから、ダーティー・ビジネスに励めたんだろう」

「…………」

「亜由は仙名をすっかり信じ込ませ、実印、銀行印、預金通帳なんかを預かるようになった。そして仙名に委任状を書かせ、銀行から一千六百万円を引き出した。それから間もなく、仙名は養子縁組を急かして亜由に戸籍謄本を取り寄せさせようとした」

「…………」

「仙名の養女になる気のない小峰亜由は焦った。なんとか策を講じないと、仙名を騙していたことが発覚してしまう。亜由はあんたと相談の末、仙名を自宅近くの神社の石段から突き落として死なせた。所轄署は事故死として処理したんで、事故死を装った他殺はバレずに済んだ」

「仙名武雄さんが亡くなった日、確か小峰さんはずっと東京にいたはずだよ」

「いや、それは違うな。その日の朝、亜由が船橋市内にいたことは確認した」

「えっ、そうなのか。なんで小峰さんは、わたしに嘘なんかついたんだろう？」

「白々しいな。亜由は仙名武雄を殺しただけじゃない。去年の七月、派遣先の練馬の資産家だった牛尾利夫も病死に見せかけて殺害した疑いが濃い。牛尾のことは知ってるな？」

加納は訊いた。

「わたしは、レンタル家族の派遣先をすべて把握してるわけじゃないんだ」

「ごまかすなっ」

「その人は石神井公園のそばに住んでた土地持ちだったかな」

「そうだよ。亜由は卓抜な性技で枯れかけてた牛尾の性的能力を蘇生させてやって、感謝感激され、求婚された。カモがまんまと網に引っかかってくれたわけだ。亜由は牛尾から結婚の支度金を三千万円ほど貰ってる」

「その話が事実なら、小峰さんは相当な性悪《しょうわる》だな。彼女は中高年男性に好かれるタイプだが、結婚詐欺なんか働かないだろう」

「あくまでもシラを切るつもりか。倉阪さんよ、あんたが亜由たち色っぽいスタッフを抱きこんで結婚詐欺でひと儲けしようと焚《た》きつけたんだろうが！」

「わたしは、そんな悪知恵を授けてない」

「そこまで空とぼけるなら、もう口止め料はいらない。すぐ警察に密告しよう」

「ま、待ってくれ。あんたは誰かに虚偽情報《ガセネタ》を摑まされたんだろうが、一応、話を聞いてやるよ」

倉阪は恩着せがましい口調で言ったが、狼狽の気配がありありと伝わってきた。

「亜由は牛尾利夫の後妻になる気なんか最初っからなかったんだから、困惑したはずだ。それで、社長のあんたに相談したんだろうな。そして、牛尾を故意に腹上死させることにした」

「腹上死させたって⁉」

「いちいち下手な芝居なんかしなくてもいいよ。どう取り繕《つくろ》っても、無駄さ。おれが調べたところ、牛尾には肥大型心筋症という持病があった。心臓の筋肉が健康な人間よりも分厚いんで、血液の循環《じゅんかん》能力が劣《おと》る。そのため、血栓ができやすい。心筋梗塞はもちろん、急性心不全にも陥りやすいわけだ」

「小峰さんは、性行為中に牛尾さんに何かショックを与えたんだろうか」

「そうだと思うよ」

「どんなショックを与えたんだろう？」

「牛尾の興奮が頂点に達したとき、小峰亜由は相手の心臓部に凍らせた冷却ジェルシートを押し当てて心肺を停止させたんだろうな。そのままにして逃げたんでは、自分が警察関係者に怪しまれると亜由は考えたにちがいない」

「その土地持ちの老人は、入浴中に亡くなったんじゃなかったかな。マスコミでそう報じられたと思うが……」

「まだ演技をしてやがる。あんたが牛尾宅の庭かどこかに隠れていて、亜由の合図で寝室に走り入ったんだろうが？　それで、全裸で死んでる牛尾利夫を肩に担いで浴室に運び、湯船に坐位で沈めたんじゃないのか。え？」

「わたしは、そんなことはしてない。天地神明《てんちしんめい》に誓って、そのようなことはしてないよ。それはともかく、小峰さんが誰かに手伝ってもらって遺体を浴槽に浸したのは死亡推定時刻をごまかすためだったんだろうな」

「そういう偽装工作がミステリーのトリック集にでも載ってて、それをあんたは小峰亜由に教えてやったんじゃないのかっ」

加納は声を張った。

「小峰さんに男の共犯者がいたとしても、このわたしじゃない」

「そうかい、そうかい」

「わたしをまだ疑ってるんだな」

「あんたは十三人のセクシーな女性スタッフが詐取した金の四割をマネージメント料として取ってるんだから、亜由に協力せざるを得なくなった」

「わたしは、スタッフの上前なんか一円もハネてないぞ」

「ついにボロを出したな。おれは、内部告発者からピンハネのことを聞いたんだ」

「十三人のうちの誰かがわたしを裏切ったんだな。あっ、まずい！」

「亜由は、そのうちに白金台の門脇達朗も牛尾と同じ手口でショック死させるつもりでいるにちがいない。そして、また社長は遺体を浴室に運ばされることになるんだろう」

「……………」

「ところで、あんたの靴のサイズは二十七センチなんじゃないのか？」

「そんなことまで、どうして知ってるんだ⁉」

倉阪が素《す》っ頓狂《とんきょう》な声を発した。

「やっぱり、そうだったか。牛尾利夫の遠縁に当たる弁護士の鳥羽深月が二月五日の夜、代々木の自宅マンションで絞殺された。その美人弁護士は、牛尾の死の真相を個人的に調べていた。鳥羽深月が『ハートフル・サービス』の身辺を嗅ぎ回ってたことは間違いないんだよ」

「だから、なんだと言うんだっ」

「声が震えはじめたな。亜由に頼まれて、あんたが美人弁護士を絞殺したんじゃないのか」

「わたしは誰も殺しちゃいない」

「観念する気がないなら、別の手で追い込むか」

「妙なデマを流されたんでは、ビジネスに支障が出てくる。おたくに二百万をくれてやるよ」

「ずいぶん安く見られたもんだな、おれも」

「こちらのディスプレイに表示されてるナンバーに後《あと》でコールバックするから、そのときに落ち合う場所を決めようじゃないか」

「拾ったスマホで、あんたの会社に電話したんだ。こいつはドブ川に捨てるんで、別のスマホでまた連絡すらあ。逮捕《パク》られたくなかったら、口止め料として五千万円を用意しておくんだな」

加納は電話を切り、唾液で湿ったハンカチを口の中から抓《つま》み出した。

スマートフォンとハンカチをポケットに入れたとき、前方から見覚えのあるヴィッツが走ってきた。ドライバーは検察事務官の薬丸未樹だった。

懲《こ》りずに弔い捜査をつづけているようだ。未樹が加納の車に気づき、ヴィッツを急停止させた。車をバックさせる気らしい。

加納はランドローバーの運転席から飛び出し、バックしかけているヴィッツに駆け寄った。未樹がばつ悪げに頭を下げ、パワーウインドーを下げた。

「加納さんの言うことを聞かなくて、ごめんなさい。わたし、やっぱり深月を一日も早く成仏させてやりたいので……」

「じっとしてられなかったんだな」

「そうです。すみません」

「で、何か収穫はあった？」

「小峰亜由をマークした結果、レンタル家族派遣会社のことがわかったんです。それはそうと、思いがけない展開になりました。深月の事件の通報者の山根一人弁護士が昨夜《ゆうべ》、

『ハートフル・サービス』のオフィスに入っていったんですよ」

「なんだって⁉」

「わたし、深月がレンタル家族派遣会社のことを調べていたんで、道玄坂の雑居ビルの近くで張り込んでたんですよ。そうしたら、山根さんが『ハートフル・サービス』に入っていったんです。彼は書類袋を手にしてました。わたし、スチールのドアに耳を押し当てたんです。山根さんは倉阪社長に犒《ねぎら》われてました。山根さんは数分で事務所から出てきました。書類袋は持っていませんでした。倉阪社長に渡したんでしょうね。山根さんはＪＲ渋谷駅の構内に入っていきました」

「鳥羽弁護士と仲よくしていたという山根が捜査本部事件の犯人とは思いたくないが、一一〇番通報者が加害者だったというケースは珍しくない」

「でも、彼は正義感が強い人です。人殺しなんかするわけありませんよ。もしかしたら、『ハートフル・サービス』が横内法律事務所に何かの弁護依頼をして、山根さんが書類を届けに行ったのかもしれませんね」

「そうなんだろうか。おれが小峰亜由をマークしつづけるから、きみはそれとなく山根弁護士の動きを探ってみてくれ」

「わかりました。山根さんが深月の事件に関与していることはないと思いますけど、ちょっと気になりますんで、彼の行動をチェックしてみます」

「危険なことは起こらないと思うが、あまり深追いはしないようにな」

加納は忠告した。

未樹がうなずき、ヴィッツを低速で走らせはじめた。加納は自分の車に走り寄って、張り込みを再開した。

4

粘った甲斐があった。

真紅のアルファロメオが視界に入ったのは、午後八時過ぎだった。

加納は上目遣《うわめづか》いに亜由の車を見た。亜由はリモート・コントローラーを使って、自宅マンションの地下駐車場のシャッターを開けた。

イタリア車がスロープを下《くだ》っていった。シャッターが下がりはじめる。

加納は急《せ》かなかった。ラークをゆったりと喫ってから、静かにランドローバーを降りる。

加納は『ビラクレール神宮前』のアプローチの石畳を踏み、集合インターフォンの前で足を止めた。テンキーで亜由の部屋番号を押すと、待つほどもなく女性の声で応答があった。

「はい、どなたでしょう？」

「銀座の『芳輝堂《ほうきどう》』の者でございます。小峰亜由さまのお宅ですね？」

加納は、穏《おだ》やかな声で確かめた。

「そうです。わたしが小峰ですけど……」

「夜分になってしまいましたが、門脇達朗さまがご注文された真珠のネックレスをお届けに上がりました。実は夕方、お訪ねしたのですが、お留守のようでした」

「それはごめんなさい。横浜の元町《もとまち》までショッピングに出かけてたんです」

「さようですか」

「門脇さん、わたしには何も言わなかったの。ネックレスは、サプライズ・プレゼントなのね」

「はい。最高級の黒真珠ばかりを使っておりますので、気に入っていただけると思います。近々、門脇さまとご結婚されるそうですね。おめでとうございます。ご婚約指輪も当店でご用意させていただけることになっております」

「そうなの」

「品物をお部屋にお持ちいたします」

「オートロックを解除して、部屋のドアの内錠も外しておきます。ですんで、ドアフォンは鳴らさなくても結構ですから」

「わかりました。では、すぐにお宅に伺います」

加納は少し退がった。エントランスロビーに入り、三階に上がる。三〇三号室のドアはロックされていなかった。

加納はドアを引き、靴を履いたままで玄関ホールに上がった。奥から亜由が現われた。

「土足で上がり込んだりして、いったい何なの！　あなた、宝飾店の社員じゃないわね。何者なの？　すぐに出ていかないと、一一〇番するわよ」

「そんなに強気になってもいいのかな」

「どういう意味なの⁉」

「そっちは結婚詐欺の常習犯で、この三年間に二十人以上の独り暮らしの爺さんを結婚話で釣って、たっぷりと金品を貢がせた」

「でたらめを言わないで！　さっさと帰ってちょうだい。言う通りにしなかったら、本当に警察に通報するわよ」

「できるなら、やってみな。おれは、そっちの悪事の証拠を押さえてるんだ」

「証拠って何よ？」

「そっちは、『ハートフル・サービス』のレンタル家族として船橋の仙名武雄の自宅に派遣されてた」

「えっ⁉」

「そっちは娘役を演じながら、仙名武雄に色目を使って男性機能を蘇らせてやった。仙名は若やいだ気持ちになって、そっちを養女にして側に置いときたくなった。そっちは罠に嵌まった爺さんから金をできるだけ多く吸い上げる気だったんで、養女になることをオーケーした。もちろん、本気で仙名の養女になる気なんかなかった」

「仙名さんのお宅に通って、娘役を演じてたことは確かよ。だけど、依頼人を誘惑したことなんかないわ」

「八十歳近い爺さんが急に身だしなみに気を配り、スポーツカーまで買う気になったのは性的に満足させられて余生を思いっきりエンジョイする気になったからなんだろう。本心では、そっちを女房にしたかったにちがいない。しかし、年齢差がありすぎる。だから、仙名武雄はそっちを養女にして、ベッドでかわいがろうとしたんだろうな」

「あなた、アウトローみたいね」

「ビンゴだ。おれは犯罪者どもの弱みを摑んで、それで喰ってる」

「とか言ってるけど、本当は刑事なんじゃないの？」

「勝手に住居侵入する刑事《デカ》なんかいないよ。それに、連中はペアで聞き込みをしてる」

「ああ、そうね。あなたは恐喝屋なんでしょうね」

「話をはしょるぜ。そっちは仙名が養子縁組を急いだんで、まずいことになったと焦った。で、ある日の早朝、散歩中の仙名を神社の石段から突き落として死なせた。その前に引き出した仙名の預金一千六百万円を着服し、その四十パーセントを『ハートフル・サービス』の倉阪社長にマネージメント料として払った」

「そんな事実はないわ」

「女狐め！　いや、牝犬《ビッチ》と言うべきだろうな。そっちは巧みな性技と名器で金を持ってる爺さんたちを虜にしてきたんだから。掛け値なしのみみず千匹らしいじゃないか。抜かずにダブルを可能にさせてるらしいな。お色気チームのひとりがそう言ってたぞ」

「下品な話につき合う気はないわ」

「気取るなって。それにしても、倉阪博行はなかなかのアイディアマンだな。独居老人宅に疑似家族を派遣して、高い料金を取ってる。それでも資産家老人たちは〝家族ごっこ〟で癒やされたんで、出費は惜しまなかったんだろう。娘役や孫娘役の熟《う》れた三十女たちに色目を使われて回春させてもらえりゃ、結婚詐欺のカモにされてもいいやという気持ちになるかもしれない」

加納はインサイドホルスターから、グロック32を引き抜いた。亜由が目を剝いて跳《と》びすさる。

「そ、そのピストルは本物なの⁉」

「ああ、そうだ。そっちがシラを切りつづけてるんで、おれは焦れてきたんだよ」

「わたしを撃つ気なの？」

「場合によってはな。居間で対談としゃれ込もうじゃないか。回れ右をして、リビングに行くんだ」

加納は命じた。亜由が戦《おのの》きながら、前に進んだ。

短い廊下の先には、十五畳ほどの広さのリビングがあった。居間を挟む形で、二つの居《きょ》室《しつ》が並んでいる。左側が和室で、右側が洋室だった。

加納は部屋の主を長椅子に坐らせ、向き合う位置に腰を下ろした。家具も調度品も安物ではなかった。

「結婚詐欺で得た金で優雅な暮らしをしてるわけか。罪深いな」

「…………」

「仙名を転落死させたことは認めるな？」

「その日、わたしは船橋には行ってないわ」

「往生際が悪いな。仙名が死んだ日、そっちは派遣先の近くにいた。それを確認済みなんだよ、おれは」

「えっ⁉　わたし、詐欺で捕まりたくなかったのよ。倉阪社長にどうしたらいいか相談したら……」

「事故に見せかけて殺《や》ってしまえと言われたわけだ？」

「ええ、そうなの」

亜由が顔を伏せた。

「去年の七月、練馬の土地持ちの牛尾利夫を性的に昂まらせてから凍らせた冷却ジェルシートを心臓部に急に押し当て、故意に心筋梗塞を誘発させたよな？」

「わたし、そんなことはしてないわ。牛尾のお父さんが早く結婚しようとせっついてたことを疎《うと》ましく思ってたけど、たくさん支度金を貰ってたんで……」

「殺意なんか覚えなかった？」

「ええ、その通りよ」

「仙名武雄を殺《や》ったことは認めたんだから、何もかも白状しろや」

「わたしが死なせたのは、本当に仙名さんだけなの。信じてよ」

「仕方ない」

加納は拳銃のスライドを引いて、右腕を差し出した。亜由が反射的に横の背当てクッションを摑み上げ、胸に抱えた。

「そんなクッションじゃ、ガードできないぜ」

「あなたの狙いは、お金なんでしょ？」

「おれは、金と女が飯よりも好きなんだよ」

「そういうことなら、あなたの要求には応えられると思うわ。その代わり、わたしがやったことには目をつぶってよね」

「どうするかな。あまり口止め料が少ないんじゃ、話にならないぞ」

加納はことさら下卑《げび》た笑い方をして、さりげなく上着の左ポケットに手を滑らせた。ICレコーダーの録音スイッチを押す。

「三千万、出すわ」

「少ないな。そっちは仙名武雄を神社の石段から突き落として死なせ、去年の七月には牛尾利夫を性交中にショック死させてるんだからな」

「…………」

「まだ殺《や》ったのは仙名だけだと言い張るつもりかっ。おれは短気なんだ。もう裏取引はしなくてもいい」

「ね、怒らないで。牛尾のお父さんも始末したわ。結婚詐欺のことがバレちゃうんじゃないかと思ってたんで、かわいそうだったけど」

「倉阪にそうしたほうがいいと言われたんだな？」

「そうだけど、わたし自身も牛尾さんを消さないと身を滅ぼすことになるだろうと思っていたの。だから、相談したときは……」

「もう牛尾利夫を消すと気持ちを固めてたんだ？」

「ええ」

「冷却ジェルシートは、いつ牛尾の心臓部に押しつけた？」

「わたしが上でコサックダンスをやりはじめたら、牛尾のお父さんは異常なほど興奮したの。いつもは半立ちがやっとなのに、硬くなったのよ」

「コサックダンス？」

「わたしが勝手にそう呼んでるテクニックで、女性騎乗位で少し腰を浮かせて回転するの。牛尾のお父さんは『振れる、振れとる』と嬉しそうに言って、ちゃんと勃起したのよ。びっくりしたわ。すごく気持ちよかったんでしょうね」

「そんなとき、心臓にショックを与えたんだな？」

「ええ、その通りよ。牛尾のお父さんは急に唸り声をあげて反り身になったの。次の瞬間には絶命してたわ。ショック死させようと思ってたんだけど、あんなにうまくいくとは予想もしてなかった」

「死体を湯船に浸けたのは、本当の死亡時刻をごまかしたかったからなんだろう？」

「ええ、そうよ。そういうトリックが本当に通用するかどうかわからなかったけど、死んだ牛尾のお父さんをお湯で温めれば、死亡推定時刻を誤判断させることができるかもしれないと思ったの。それから、入浴中に心筋梗塞に見舞われたと判断されるだろうとも……」

「そのトリックは、倉阪に教えられたのか？」

「ううん、違うわ。だいぶ前に観《み》た洋画に若い人妻がはるか年上の旦那に不倫を知られて、セックス中に氷の塊を心臓部に押しつけてショック死させるシーンが出てきたの」

「それにヒントを得て、凍らせた冷却ジェルシートを使うことにしたのか」

「そうなのよ」

「死んだ牛尾利夫を寝室から浴室に運んだのは倉阪なんだな？」

「そこまでは見抜かれてなかったのね」

　亜由が背当てクッションを長椅子の上に戻した。

「共犯者は倉阪じゃなかったのか⁉」

「ええ」

「そっちの協力者は誰だったんだ？」

「すべて白状するから、ピストルを仕舞《しま》って。怖いのよ」

「いいだろう」

加納は安全装置《セーフティー・ロック》を掛け、グロック32をホルスターに収めた。

「これで、少し落ち着けそうだわ。牛尾さんの死体を風呂場まで運んでくれたのは、知り合いの弁護士よ」

「そいつの名は？」

「山根一人という名前で、わたしと同《おな》い年よ。彼とは一年数カ月前に西麻布《にしあざぶ》のショットバーで知り合ったの。何度か寝てやったら、彼、わたしの頼みは何でも聞いてくれるようになったわ」

亜由が得意げに言った。

加納は内面の驚きを抑えて、努《つと》めて冷静さを装った。改めて亜由の表情をうかがう。目に落ち着きがない。作り話で、山根弁護士を陥れようとしているのではないか。しかし、いまさら倉阪を庇う必要はないだろう。共犯者は別人なのか。

「彼、わたしの大事なとこがものすごく締まると喜んで、何回も指を入れたがったわ。ちょっと肛門《アヌス》をすぼめると、指一本でも絶対に引き抜けないのよ」

「みみず千匹で、俵締めか。それじゃ、金を持ってる爺さんたちもそっちを女房にしたがるわけだ」

「後で、あなたのペニスを痛いほど締めつけてあげる」

亜由が艶然《えんぜん》と笑って、脚を組んだ。ミニスカートから白いむっちりとした太腿《ふともも》が覗き、黒いレースのパンティーも見えた。

「おれを色で取り込もうって魂胆《こんたん》が見え見えだぜ。そっちを抱く前に、チャック代を決めようじゃないか」

「最低五千万円は払うわ」

「その額じゃ、満足できねえな。そっちは、いずれ白金台の豪邸に住んでる門脇達朗をご用済みになったら、始末するつもりだったんだろ？」

「よく調べ上げてるのね。門脇のお父さんに利用価値がなくなったら、山根君に片づけさせようと考えてたの。彼はわたしの肉体《ボディー》に執着してるから、殺人も引き受けてくれるはずよ」

「たいした自信だな」

「ただのうぬぼれじゃないってことは、すぐにわかるわ。わたしね、ベッドでは燃え上がれないの。ベランダで抱いてくれない？」

「ベランダでだって⁉ 近くのビルや高層マンションの窓から誰かに見られるかもしれないじゃないか」

「それがいいのよ。夜だから、結合部分は見えないと思うわ。それでも行為を見せつけると、わたし、狂ったように乱れちゃうの」

「変態だな」

「そうかもね。ベランダに出ましょうよ」

「本気なのか。まいったな」

加納はにやついた。女好きだが、ベランダで性行為に及んだことはなかった。抵抗がないわけではなかったが、好奇心が頭をもたげた。

「一緒に狂いたいわ」

亜由が立ち上がって、加納の手を取った。

加納はソファから腰を浮かせ、亜由とともにベランダに出た。並のマンションのベランダよりも三倍は広い。

亜由が両肘を白い手摺《てすり》に掛け、ヒップを後ろに突き出した。

加納は彼女の真後ろに立ち、ミニスカートの裾《すそ》を捲《まく》り上げた。黒いパンティーを引き下ろすと、亜由が片方を自ら足首から抜いた。

「どれほどの名器か検《しら》べさせてもらおう」

加納は右手を亜由の股の下に潜らせ、二枚の花弁を搔き分けた。驚くことに、早くも襞《ひだ》の奥は濡れていた。

「まだキスもしてないんだけど、これからのことを想像しただけで体の芯が潤んできたの」

「みたいだな」

加納は中指を一気に内奥《ないおう》に埋めた。

そのとたん、膣壁が圧迫を加えてきた。Gスポットを指の腹でこそぐるように擦《こす》ると、凄まじい力で中指は締めつけられた。吸い込まれるような感覚もあった。

「指を引き抜いてみて」

亜由が喘《あえ》ぎながら、小声で言った。

加納は右手を引いた。だが、かなりの力を入れても中指は抜けなかった。

「構造は間違いなくAランクだな」

「次は舌技を評価して」

亜由が言って、大きく息を吐いた。性器が少しだけ緩んだ。加納は中指を抜いた。指全体が愛液でぬめっていた。

亜由が加納の足許にひざまずいた。スラックスのファスナーが引き下げられ、ペニスが摑み出される。まだ熱は孕《はら》んではいない。

亜由が陰茎の根元をリズミカルに握り込み、舌の先で亀頭と張り出した部分を軽く舐めはじめた。毛筆の穂先で撫でられているような感じだ。

加納は欲情を煽《あお》られ、力を漲《みなぎ》らせた。

亜由は本格的な口唇愛撫に熱を込めた。舌は妖《あや》しく蠢《うご》めき、時に蛇のように男根に巻きついた。ディープスロートには技があった。O《オー》の形に小さくすぼめられた唇が、張り出した部分を必ず甘く削《そ》いだ。

加納は角笛《つのぶえ》のように反り返った。フェラチオだけでは少しもどかしくなった。亜由の頭を引き寄せ、イラマチオを開始する。

腰のあたりに快感が集まって間もなく、首に輪のような物が掛けられた。結束バンドか。加納は後ろに引き倒され、右肩をサッシ戸にぶつけた。

亜由が立ち上がり、リビングに逃れた。片方の踝《くるぶし》に黒いパンティーを引っかけたままだった。そのまま、亜由は玄関ホールに向かったようだ。

加納は首輪の下に二本の指を差し入れた。そのとき、一気に居間に引き込まれた。サッシ戸がすぐに閉められた。

加納は小さく振り返った。黒ずくめの女が立っていた。ピッキング道具を使って部屋に忍び込んだのだろう。女はそう若くない。三十七、八歳だろうか。男のように筋肉が発達している。東洋人だが、日本人かどうかはわからない。

「犯罪のプロらしいな。小峰亜由を逃がしてやったんだな?」

加納は、女の襲撃者に訊いた。

返事の代わりに、ジャングルブーツで側頭部を思うさま蹴られた。一瞬、気が遠くなった。加納は全身を丸めて、獣のように唸りつづけた。

5

痛みが薄れた。

そのとき、黒ずくめの女が床に片方の膝を落とした。その右手にはアーミーナイフが握られている。刃渡りは十四、五センチだ。

「おれをここで殺《や》るつもりか?」

加納は言いながら、腰のインサイドホルスターに手を伸ばした。

だが、一瞬遅かった。グロック32を奪われてしまった。女は左手にオーストリア製の拳銃を握ると、アーミーナイフを持った右手で安全装置を外した。馴れた手つきだった。

「男根《ディック》が萎《しぼ》んじゃったわね」

「日本語のイントネーションがちょっとおかしいな。国籍はどこなんだ？」

「アメリカよ」

「日米のハーフには見えないが……」

「日系アメリカ人よ。わたしの曽祖父母《そうそふぼ》は熊本で生まれ育ったの。二人は結婚した翌年、シアトルに渡ったのよ。その子供たちと孫はみんな、アメリカ生まれなの。わたしもそう」

「依頼人《クライアント》は倉阪なのか？」

加納は上体を起こそうとした。

グロック32の銃口が喉に突きつけられた。

「動くと、シュートするわよ」

「なぜ、すぐ撃たない？」

「急ぐことはないでしょ？　あんたのディックを見てたら、おかしな気持ちになっちゃったのよ。少し遊んでから、あんたを片づけることにするわ」

女はアーミーナイフを腰の革鞘《かわざや》に滑り込ませると、ペニスを握り込んだ。

「おい、やめろ！」

「あんた、まだ小峰亜由とファックしてない。それ、ちょっと残念でしょ？」

「別に女に飢えてるわけじゃない。手を引っ込めろ！」

加納は寝たままの姿勢で、日系アメリカ人と称した女を蹴ろうとした。銃口が喉仏を圧《あっ》した。

女が加納の性器を荒っぽくしごきはじめた。単調な上下動だった。それでも、癪《しゃく》なことに反応しはじめた。情けなかった。

「しゃぶりたくなっちゃったわ。でも、抵抗したら、すぐにシュートするわよ。それを忘れないことね」

女がペニスを口に含んだ。舌技は一本調子だった。快感度は高くない。

「両親が日本人でも、アメリカ育ちは何事もラフみたいだな。もっと舌に変化をつけろよ」

加納は厭味を口にして、下から腰を突き上げた。観念して相手に協力する気になった振りをしたのだ。

女が男根を深くくわえ込み、喉を鳴らしはじめた。銃口は加納の喉元から離れていた。

加納は両手でグロック32を奪い返し、両脚で女を挟みつけた。蟹挟《かにばさ》みをしたまま、半身を起こす。女がアーミーナイフを引き抜いた。

加納は、相手のこめかみに銃口を押し当てた。

「ナイフを遠くに投げろ！」

「くたばれ《ファック・ユー》」

女が加納の右の太腿にナイフを突き立てた。手許が狂ったらしく、浅く刺されただけだった。

痛みは、それほど強くない。出血量も多くなかった。そのうち血は止まるだろう。

加納は相手の顔面にエルボーを見舞った。肉と骨が鈍《にぶ》く鳴った。女が呻いた。加納は首に掛けられた輪を外し、女を蹴った。アーミーナイフが宙《ちゅう》を泳ぐ。

加納は起き上がり、結束バンドを女の首に掛けた。引き絞ってから、スラックスの前を整える。いつの間にか、性器は萎《な》えていた。

加納は、女を引きずり回しはじめた。女は両手で結束バンドが喉に喰い込むのを懸命に防いでいる。必死の形相《ぎょうそう》だ。

ソファセットの周りを十数周すると、女はぐったりとした。

加納は膝頭で相手の体を押さえ込み、所持品を検《しら》べた。消音器を付けたS&W《スミスウエッソン》457を隠し持っていた。アメリカ製の大口径コンパクトピストルだ。

加納は自分のハンドガンをホルスターに戻し、S&W457の銃把《グリップ》から弾倉《マガジン》を引き抜いた。六発の実包が装塡《そうてん》され、初弾はすでに薬室《チャンバー》に送り込まれている。

「おれが来る前に室内に侵入して、潜んでたようだな。まず名前から聞こうか」

「なんて名だったかしら?」

女が口の端を歪めた。加納は無造作に奪った拳銃の引き金を絞った。

狙ったのは、天井の照明だった。発射音は小さかった。圧縮空気が洩れたような音がしただけだ。

ガラスの破片が落ちてくる。その一つが相手の額に当たった。鮮血が滲《にじ》む。

「あんた、いい度胸してるわね」

「そうかい。名前は?」

「………」

「視力は悪くないんだろ?」

「何よ、急に?」

「眼鏡を掛ける必要がないなら、耳はいらないな。外耳の痛覚は鈍いらしいぜ」

加納は女の左耳を横に引っ張って、S&W457の銃口を密着させた。

「引き金《トリガー》を絞らないで。ナンシー・スギヤマよ、わたしの名前は」

「かつてグリーンベレーか、海兵隊《マリーン》の女性隊員だったのか？」

「違うわ。三年前までアメリカの国土安全保障省で働いてたのよ」

「シークレット・サービスのメンバーだったって？」

「そうよ。政府高官の護衛でミスをして、解雇されたの。その高官はテロリストに狙撃されたのよ。被弾はしなかったんだけど、転んで頬骨を折っちゃったの」

「で、そっちはお払い箱にされたわけか。仕方なく、ボディーガードから殺し屋に転じたんだ？」

「イエス。そのほうがお金になるからね。ネットの裏サイトで依頼を受けて、アメリカの各州、日本、台湾なんかで仕事をしてるのよ」

ナンシー・スギヤマが答えた。

「雇い主は誰なんだ？」

「倉阪という男よ。小峰亜由って女を逃がして、あんたをこのマンションの外で射殺してくれって頼まれたの。部屋のスペアキーを渡されてね。依頼人《クライアント》は、亜由が余計なことを喋ることを恐れてるみたいだったわ」

「成功報酬はいくらなんだ？」

「日本円にして、約三百万よ」

「おれの命の値段は、その程度なのか。倉阪は亜由と一緒に当分の間、どこかに潜伏する気なんだろう。え？」

「そうみたいだけど、どこに身を潜めるのかは聞いてないわ。あんた、ただの恐喝屋じゃないんでしょ？　依頼人は、シュートする前にあんたの正体も吐かせてくれないかと言ってたわ」

「そうか」

加納は拳銃を左手に移し、ナンシーの上体を引き起こした。すぐに背後に回り、チョーク・スリーパーを掛ける。ナンシーが意識を失った。

加納はナンシーを俯《うつぶ》せにした。結束バンドの輪をほどいて、ナンシーの両手首をきつく縛《しば》る。

加納はS&W457をコーヒーテーブルの上に置き、三原刑事部長に電話をかけた。経過を報告し、支援要請をする。

「わかった。すぐに副総監直属の別働隊のメンバーを亜由のマンションに向かわせる。それから、首都圏全域に網を張るよ。倉阪と小峰亜由はまだ関東から抜けてないはずだからな」

「お願いします」

「倉阪たちがNシステムに引っかかったら、すぐ加納君に教えるよ」

三原が電話を切った。

別働隊のメンバーは十一人いる。いずれもノンキャリアの警部だ。三十代前半と若いが、それぞれ現場捜査畑を歩いてきた。

いつも加納は被疑者の身柄を別働隊に引き渡し、捜査本部の面々とダイレクトには接していない。取り調べに当たるのは、刑事部長か副総監の直属の部下たちだ。さまざまな後処理も彼らが担《にな》っていた。

加納はソファに坐り、ラークをくわえた。

一服し終えたとき、懐で私物のスマートフォンが振動した。発信者は倉阪かもしれない。加納はそう思いながら、スマートフォンを取り出した。ディスプレイに表示されている番号には馴染みがなかった。

加納は通話可能状態になっても、意図的に口を開かなかった。

「もしもし、薬丸です。薬丸未樹です」

「きみと名刺交換はしてないはずだ。なんでスマホのナンバーを知ってるんだい？」

「緊急に加納さんに連絡したいことがあったので、警視庁の方にわたしの身分を明かして、あなたの電話番号を教えていただいたんです」

「そういうことか。山根一人に尾行を覚られて、何か手荒なことをされたの？」

「山根さんに尾けてることに気づかれたんですが、彼は深月の事件には絡んでなかったんですよ」

「やっぱり、そうだったか。亜由の作り話を真に受けかけてたが……」

「山根さんは、雇い主の横内正紀弁護士に頼まれて『ハートフル・サービス』の倉阪社長に書類を届けに行っただけだそうです」

「彼は濡衣を着せられそうになったんだろう」

「山根さんは中身が気になったので、書類袋を電球に翳《かざ》してみたそうなんですよ。中身は白紙が一枚だったということでした」

「白紙が一枚しか入ってなかったって⁉」

「ええ、そう言ってました。山根さんはいろいろ推測して、横内弁護士は捜査当局に彼と倉阪が結びついてると思わせたくて、白紙入りの書類袋を届けさせたのかもしれないと……」

「ということは、横内弁護士は何か倉阪と繋がりがあるんだろうな」

「山根さんもそんな気がしたんで、横内弁護士の血縁者のことを調べてみたらしいんですよ。それで、倉阪の奥さんの瑞穂さんは母方の従妹《いとこ》だとわかったんです」

「そんな繋がりがあったのか。横内弁護士が倉阪と親類であることを他人に知られたくないと思ってるとしたら、何か疚しさがあるんだろうな」

「そうなんでしょうね」

「ひょっとしたら、レンタル家族派遣というニュービジネスのアイディアを提供して熟れた女性スタッフに結婚詐欺をさせろと倉阪を焚きつけたのは、横内なのかもしれないぞ」

「でも、横内弁護士は法律家です」

「法律家だって、人の子だよ。倉阪は『ハッピー医療介護機器』という会社を倒産させてから、経済的に不安定だった。母方の従妹の瑞穂が不憫《ふびん》だと感じた横内は、ダーティーな方法でも新たな事業資金を工面すべきではないかと倉阪に提案したんではないだろうか。倉阪はその気になって、色っぽい三十代の女性派遣スタッフに資産家の高齢男性を結婚詐欺のカモにしろと……」

「あっ、加納さんの勘は当たってるのかもしれません。山根さんの話によると、深月は殺される数日前に『先生が尊敬できる人物でないことがわかったから、わたしは横内法律事務所を離れるつもりよ』と洩らしてたらしいんですよ。山根さんはびっくりして、その理由を聞かせてほしいと言ったようです。でも、深月は『いずれ山根さんには話すわ』と即答を避けたそうです」

「そうしたことを聞くと、鳥羽深月弁護士は横内を密かに尾け、倉阪と悪謀を巡らせてることを知ったにちがいないな。彼女は遠縁の牛尾利夫が小峰亜由に口を封じられたことを調べ上げ、その背後に倉阪と横内弁護士がいることも突きとめたんだろう」

「そうだとしたら、倉阪か横内弁護士のどちらかが深月の自宅マンションに押し入って、彼女を殺害した疑いが濃くなってきましたね」

「鳥羽さんに悪事を暴かれることをどちらが強く怖れていたかだな。どちらかといえば、横内弁護士のほうが怪しい」

「深月は横内弁護士に殺されたんでしょうか。そんなことは考えたくないけど、あり得ないとは断言できませんね」

未樹が通話を切り上げた。

加納はスマートフォンを耳から離した。そのとき、ナンシーが息を吹き返した。加納は立ち上がり、ふたたびナンシーを裸絞めで気絶させた。

ソファに坐ったとき、今度は野口恵利香から電話がかかってきた。

「加納さん、意外なことがわかったわよ。倉阪博行の妻の母方の従兄《いとこ》が横内正紀弁護士だったの」

「少し前に、そのことを知ったよ」

「そうなの。仕事が早いわね。だけど、横内と瑞穂が恋仲だったことまでは知らないんじゃない？」

「その話は確かなのか」

「ええ。瑞穂の友人たちの証言を得たから、間違いないわ。従兄妹《いとこ》同士の結婚は法律で認められてるんだけど、二人は周囲の人たちに強く反対されて、結局、婚約することなく別れたんだって」

「そんな過去があったのか」

「二人は別々の相手と結婚したわけだけど、横内弁護士は従妹の瑞穂が安逸《あんいつ》に暮らしてるか気がかりだったみたい。瑞穂の夫が事業に失敗しつづけると、横内弁護士は『瑞穂を幸せにしてやれないなら、離婚しろ』と倉阪を怒鳴りつけたみたいよ。それで、危ない橋を渡ってでも、瑞穂に金の苦労をさせるなって付け加えたそうなの」

「そっち、いや、野口の情報で美人弁護士を葬ったのは横内弁護士だと確信を深めたよ」

「倉阪が殺し屋《プロ》に始末させたと思ってたけど……」

「第三者に鳥羽深月を片づけさせたら、足がつくかもしれないよな。横内は心ならずも弟子の美人弁護士を自分の手で始末したんだろう」

加納は自分の推測を語って、電話を切った。

その数分後、またもやナンシーが意識を取り戻した。加納は動かなかった。

「ね、裏取引しない？　倉阪さんは小峰亜由を連れて、福島に向かったのよ。細かいことは教えてくれなかったけど、結婚詐欺に関わった派遣スタッフがひとりでも警察に捕まるとまずいんで、以前、トラフグの養殖をやってたころの従業員宿舎に、みんなでしばらく隠れると言ってたわ。宿舎は楢葉町の南部にあるって話よ」

「それはわかってる」

「そうなの。あんたをもう狙わないから、両手首を自由にして」

「そうはいかない。おれは恐喝屋じゃなく、刑事《コップ》なんだよ」

「笑えないジョークね」

「ジョークじゃない。追ってた殺人事件の主犯はわかったんだが、物騒な日系アメリカ人を野放しにはしておけないから、迎えの者が来るまで床に這ってろ！」

「なんてことなの」

ナンシーが早口の米語で何か悪態をついた。加納は取り合わなかった。

別働隊のメンバーたちが三〇三号室にやってきたのは、十数分後だった。三人だ。

加納は流れを説明して、ナンシーの身柄を引き渡した。メンバーのひとりが日系アメリカ人に後ろ手錠を打った。

「後はよろしく！」

加納は亜由の部屋を出て、エレベーターで一階に降りた。表に走り出て、ランドローバーに乗り込む。

加納は赤坂の横内正紀法律事務所に電話をかけた。コールサインが虚しく鳴っている。事務所には誰もいないようだ。

加納は捜査資料で確認してから、杉並区《すぎなみく》内にある横内の自宅に電話をかけた。受話器を取ったのは横内の妻だった。夫は出張で福島に出かけたという。倉阪と合流することになっているのだろう。

加納は車を発進させ、福島をめざした。

都心を抜けて、常磐《じょうばん》自動車道をひたすら北上する。広野《ひろの》から数キロ走ると、山田浜《やまだはま》の際《きわ》を進んだ。

目的のトラフグ養殖場の従業員宿舎は、天神岬《てんじんみさき》スポーツ公園の数百メートル手前にあった。窓は電灯で明るい。

加納は、元トラフグ養殖場の手前でランドローバーを駐めた。静かに運転席を出て、養殖場の敷地に入る。車寄せには二台の乗用車とワンボックスカーが駐めてあった。

従業員宿舎だけしか灯が点いていない。どこかに、護衛の男たちが潜んでいる可能性もあった。

加納はインサイドホルスターからグロック32を引き抜き、安全装置を解除した。

二階建ての従業員宿舎は静かだった。まだ午前零時前だ。消灯しないまま、倉阪や亜由が就寝したとは思えない。この静寂は何なのか。罠を仕掛けられたとも考えられる。

加納は拳銃を構えながら、表玄関に近づいた。

誰も建物の中から躍り出てこない。加納はエントランスホールに入った。靴を履いたままだった。

右手に階段があり、正面の奥は大食堂になっていた。加納は奥まで歩き、大食堂を覗き込んだ。最初に目に入ったのは、床に倒れ込んだ倉阪だった。その向こうには、小峰亜由が転がっている。二人とも微動だにしない。

四卓のテーブルには、赤ワインのボトルが何本も載っていた。円《まる》い椅子が引っくり返り、割れたワイングラスがあちこちに見える。

ワインで濡れた床には、三十代とおぼしい十人以上の女が倒れ込んでいた。誰も動かない。三留理沙は喉を掻き毟ったような状態で息絶えていた。

おそらくワインには、青酸カリが混入されていたのだろう。倉阪と十三人のセクシーな女性派遣スタッフを毒殺したのは、横内弁護士にちがいない。

加納は三留理沙に近づいた。理沙は目を開いたままで死んでいた。動かない瞳は恨めしげに虚空《こくう》を睨んでいる。

加納はしゃがみ込んで、理沙の両瞼を掌でそっと下げた。まだ生温かかった。

十数秒後、窓から火が見えた。火事だろう。

横内が宿舎にガソリンか灯油をぶっかけて、火を放ったらしい。建物は、たちまち炎に包まれた。理沙の亡骸《なきがら》だけでも、外に担《かつ》ぎ出してやりたかった。

しかし、横内に逃げる時間を与えたくない。

加納は表に走り出た。すると、暗がりから横内が姿を見せた。散弾銃《ショットガン》を構えている。

「あんたが鳥羽深月を絞殺したんだなっ」

加納は大声を張り上げた。

「仕方がなかったんだ。倉阪に結婚詐欺を派遣スタッフにさせて荒稼ぎしろと唆したことを鳥羽に知られてしまったんで、口を封じるしかなかったんだよ」

「手にかけたのは、あんたの事務所の所属弁護士だったんだろうが！　よくそんなことができたなっ」

「わたしは、結婚できなかった従妹の瑞穂に経済的な心配をさせたくなかったんだよ。だから、倉阪に『グロリア介護機器』はなんとしても黒字会社にしろと儲ける方法を教えてやったんだ。それなのに、倉阪はお色気チームを上手に動かせなかった。小峰亜由がカモの仙名と牛尾の二人を殺してしまったわけだからな。倉阪は牛尾の死体を浴室に運んだから、何も心配はないとうそぶいていた。しかし、鳥羽深月は、倉阪を操《あやつ》ってたのがわたしだと見破った。だから、生かしておくわけにいかなかったんだよ」

「倉阪や小峰亜由はともかく、ほかの十二人の女性スタッフまで毒殺することはなかったじゃないかっ」

「どこから綻《ほころ》びはじめるかわからないじゃないか。それだから、結婚詐欺に関わった人間はすべて始末することにしたんだよ」

「捜査本部に密告電話をかけたり、若い男に薬丸未樹を襲わせたのは倉阪だったんだな。あんたがそうさせたんだろ？」

「ああ、そうだよ。それから、小峰亜由の犯行の発覚を恐れて、練馬の大地主を縁者が始末したように倉阪に偽装工作するよう指示もした」

「そうだったのか」

「わたしは破滅したくなかったんだよ。拳銃を足許に置かないと、きみの体は蜂の巣のようになるぞ」

「あんたこそ、散弾銃を捨てろ！」

「捨てたら、わたしの人生は終わりだ」

横内が高く叫び、先に発砲した。重い銃声が夜のしじまを擘《つんざ》く。

加納は地べたに伏せ、横に転がった。

無数の散弾が頭上を掠めた。加納は寝撃《ブローン・ポジション》の姿勢で、二発連射した。反動《キック》で両手首が上下する。硝煙がたなびく。

右肩と左脚に被弾した横内は体を左右に振ってから、後方に吹っ飛んだ。散弾銃も落下した。

加納は敏捷《びんしょう》に身を起こし、被疑者に向かって走りはじめた。

著者注・この作品はフィクションであり、登場する人物および団体名は、実在するものといっさい関係ありません。

注・本作品は、平成二十六年四月、光文社より刊行された『甘い毒　遊撃警視2』を、著者が大幅に加筆・修正したものです。

一〇〇字書評

切り取り線

購買動機（新聞、雑誌名を記入するか、あるいは○をつけてください）	
□（　　　　　　　　　）の広告を見て	
□（　　　　　　　　　）の書評を見て	
□ 知人のすすめで	□ タイトルに惹かれて
□ カバーが良かったから	□ 内容が面白そうだから
□ 好きな作家だから	□ 好きな分野の本だから

・最近、最も感銘を受けた作品名をお書き下さい

・あなたのお好きな作家名をお書き下さい

・その他、ご要望がありましたらお書き下さい

住所	〒				
氏名		職業		年齢	
Eメール	※携帯には配信できません	新刊情報等のメール配信を 希望する・しない			

この本の感想を、編集部までお寄せいただけたらありがたく存じます。今後の企画の参考にさせていただきます。Eメールでも結構です。

いただいた「一〇〇字書評」は、新聞・雑誌等に紹介させていただくことがあります。その場合はお礼として特製図書カードを差し上げます。

前ページの原稿用紙に書評をお書きの上、切り取り、左記までお送り下さい。宛先の住所は不要です。

なお、ご記入いただいたお名前、ご住所等は、書評紹介の事前了解、謝礼のお届けのためだけに利用し、そのほかの目的のために利用することはありません。

〒一〇一－八七〇一
祥伝社文庫編集長　坂口芳和
電話　〇三（三二六五）二〇八〇

祥伝社ホームページの「ブックレビュー」からも、書き込めます。
http://www.shodensha.co.jp/bookreview/

祥伝社文庫

甘《あま》い毒《どく》　遊撃警視《ゆうげきけいし》

平成31年2月20日　初版第1刷発行

著者　南《みなみ》 英男《ひでお》
発行者　辻 浩明
発行所　祥伝社《しょうでんしゃ》
東京都千代田区神田神保町3-3
〒101-8701
電話　03（3265）2081（販売部）
電話　03（3265）2080（編集部）
電話　03（3265）3622（業務部）
http://www.shodensha.co.jp/

印刷所　堀内印刷
製本所　ナショナル製本
カバーフォーマットデザイン　芥 陽子

Printed in Japan ©2019, Hideo Minami ISBN978-4-396-34494-8 C0193

〈祥伝社文庫　今月の新刊〉

辻堂　魁
縁《えにし》の川　風の市兵衛　弐
《鬼しぶ》の息子が幼馴染みの娘と大坂に欠け落ち？　市兵衛、算盤を学んだ大坂へ――。

西村京太郎
出雲《いずも》　殺意の一畑《いちばた》電車
白昼、駅長がホームで射殺される理由とは？小さな私鉄で起きた事件に十津川警部が挑む。

南　英男
甘い毒　遊撃警視
殺された美人弁護士が調べていた「事故死」。富裕老人に群がる蠱惑の美女とは？

風野真知雄
喧嘩旗本勝小吉事件帖　**やっとおさらば座敷牢**
勝海舟の父にして「座敷牢探偵」小吉。抜群の推理力と駄目さ加減で事件解決に乗り出す。

有馬美季子
はないちもんめ　冬の人魚
美と健康は料理から。血も凍る悪事を、あったか料理で吹き飛ばす！

工藤堅太郎
修羅《しゅら》の如《ごと》く　斬り捨て御免
神隠し事件を探り始めた矢先、家を襲撃された龍三郎。幕府を牛耳る巨悪と対峙する！

喜安幸夫
闇奉行　火焔《かえん》の舟
祝言を目前に男が炎に呑み込まれた。船火事の裏にはおぞましい陰謀が……！

梶よう子
番付屋新次郎世直し綴《つづ》り
市中の娘を狂喜させた小町番付の罠。人気の女形と瓜二つの粋な髪結いが江戸の悪を糾す。

岩室　忍
信長の軍師　巻の一　立志編
誰が信長をつくったのか。信長とは何者なのか。大胆な視点と着想で描く大歴史小説。

笹沢左保
白い悲鳴
不動産屋の金庫から七百万円が忽然と消えた。犯人に向けて巧妙な罠が仕掛けられるが――。